Arena-Taschenbuch
Band 51227

Weitere Bücher von Tanja Janz im Arena Verlag:
Leuchtfeuerherzen

Tanja Janz wollte schon als Kind Schriftstellerin werden. Doch zunächst siegte die Vernunft über ihre Leidenschaft und stattdessen wurde sie erst einmal Englisch- und Deutschlehrerin. Als die Geschichten in ihrem Kopf aber keine Ruhe gaben, begann Tanja Janz, sie aufzuschreiben. Und merkte, dass sie nicht mehr damit aufhören wollte. Seitdem schreibt sie und unterrichtet weiterhin im Ruhrgebiet. Neben ihrer Liebe zum Schreiben, dem heimischen Fußballverein und dem Ruhrgebiet schwärmt sie auch für England und die nordfriesische Küste, weshalb ihre Geschichten meistens in London oder St. Peter-Ording spielen.

TANJA JANZ

Meersalzküsse

Arena

Arena

Ein Verlag in der westermann GRUPPE

Für Lea und Eileen

www.blauer-engel.de/uz195
- ressourcenschonend und umweltfreundlich hergestellt
- emissionsarm gedruckt
- überwiegend aus Altpapier

MI6

Dieses Druckprodukt ist mit dem Blauen Engel ausgezeichnet

FSC
www.fsc.org
MIX
Papier aus verantwortungsvollen Quellen
FSC® C110508

1. Auflage als Arena-Taschenbuch 2021

Rottendorfer Straße 16, 97074 Würzburg

Umschlaggestaltung: zero MEDIA GmbH, unter Verwendung von Motiven von GettyImages (© Caiaimage / Sam Edwards, Angelika, Mark Gerum) und FinePic®, München
Umschlagtypografie: Sibylle Bader
Gesamtherstellung: Westermann Druck Zwickau GmbH
ISSN 0518-4002
ISBN 978-3-401-51227-3

Besuche den Arena-Verlag im Netz:
www.arena-verlag.de

Prolog

Drei Jahre zuvor

Nebelfelder lagen an diesem Sonntagmorgen über der menschenleeren Sandbank und saugten die Strahlen der Oktobersonne auf wie ein Schwamm. Im morgendlichen Dunst erhoben sich die Pfahlbauten, in denen Restaurants und Cafés beheimatet waren, majestätisch in luftigen sieben Meter Höhe über dem Strand.

Auch die Segelschule von St. Peter-Ording, die sich direkt am Ordinger Strand befand, war in den fahlen Schleier gehüllt, der sie vom Rest der Halbinsel abzuschneiden schien. Vor dem blau-weißen Holzzaun standen etwa zwanzig Mitglieder des Clubs, die ungeduldig auf den Segellehrer warteten und immer wieder zu dem menschenleeren Strand schauten, den sie schon bald erobern wollten. Hinter ihnen standen Segelwagen und ein Schild, auf dem *Yachthafen – Yachtclub St. Peter-Ording* zu lesen war. Alle Clubmitglieder hatten sich bei dem kühlen Wetter winddichte Softshelljacken übergezogen und Schals umgebunden. Einige von ihnen trugen sogar Thermoanzüge.

»Na, endlich! Dahinten kommt Henner!«, rief eine Frau mit lockigem Haar und zeigte den asphaltierten Weg entlang. Die Köpfe der restlichen Mitglieder flogen herum und alle Blicke folgten ihrem Fingerzeig.

»Das wird ja auch Zeit«, sagte ein Mädchen, das eine Strickmütze mit einem großen Bommel trug, und rieb ihre Handflächen aneinander.

»Wieso? Kriegst du etwa Frostbeulen, Schwesterherz?«, neckte sie der Junge neben ihr mit einem breiten Grinsen.

»Das hättest du wohl gerne, Brüderchen!«

Der Junge nickte. »Würde bestimmt interessant an dir aussehen«, antwortete er übermütig.

»Na warte!« Das Mädchen lachte und nahm ihn spielerisch in den Schwitzkasten, entließ ihn aber schnell wieder aus ihrem Griff, als der Segellehrer auf seinem Fahrrad näher kam. Er hatte den Oberkörper tief über das Lenkrad gebeugt und musste gehörig in die Pedalen treten, um sich gegen den Wind behaupten zu können.

»Moin! Heute geht ’ne ordentliche Brise«, sagte er gehörig außer Puste, als er bei den Wartenden angekommen war. Dann stieg er vom Rad und schob es auf den Platz zu den Segelwagen. »Da werdet ihr nachher mit locker fünfzig Stundenkilometern über den Strand fliegen!«, prophezeite er ihnen.

»Juhu!«, riefen die Geschwister und gaben sich ein High Five.

»Dann wollen wir unseren Flitzer mal einweihen, was, Kinder?«, sagte ein Mann, der neben ihnen vor einem dreisitzigen Gefährt kniete und eine Leine an einem Karabinerhaken befestigte.

»Sieht richtig schnittig aus, euer Wägelchen«, meinte Henner und betrachtete den speziellen Strandsegler, der neben den üblichen zwei Sitzen hintereinander auch noch über eine zusätzliche Sitzschale rechts vom Fahrer verfügte.

»Alles Marke Eigenbau und in Zusammenarbeit mit meinen Wirbelwinden entstanden«, sagte der Mann und schaute voller Stolz auf seine Kinder.

»Wenn das mal keine waschechte Familienkutsche ist!«, scherzte der Segellehrer und klopfte ihm anerkennend auf die Schulter. »Sollte ich mit meiner Tochter auch mal in Angriff nehmen. Was, Rike?«

Ein Mädchen mit langen braunen Haaren, das ebenfalls den Dreisitzer bewundert hatte, verdrehte die Augen. »Du weißt doch, dass ich handwerklich mit zwei linken Händen ausgestattet bin, Papa.« Sie zwirbelte ihren Pferdeschwanz zu einem Dutt zusammen und befestigte ihn mit einem Haargummi. »Außerdem segel ich lieber solo.«

»Schon gut, schon gut. War ja nur eine Idee«, erwiderte Henner lachend und hob die Hände.

Auf ein Zeichen von Henner hin zogen die Landsegler sich Handschuhe über und setzten Schutzhelme und Schutzbrillen auf. Als alle fertig waren, schoben sie die Segelfahrzeuge hintereinander in Position und banden sie aneinander fest. Wenig später tuckerte ein Bus mit den Wagen im Schlepptau zu einem abgegrenzten Bereich am Strand, der den Strandseglern zur Verfügung stand. Der Nebel hatte sich mittlerweile wie erwartet gelichtet und der Sonne das Feld überlassen.

»Ihr wisst ja, lenken über die Fußpedale und immer

schön rechts vor links beachten. Und wenn ihr zu viel Speed draufhabt, dann gleich abbremsen. Den Wagen schön gegen den Wind steuern und so zum Halten kommen«, erinnerte Henner die Clubmitglieder, die sich im Halbkreis um ihn herum aufgestellt hatten. Kaum hatte er zu Ende gesprochen, ging es auch schon los. Die Leute kletterten in ihre Landsegler und umfassten startklar die Segelleinen.

»Lenkung sauber? Schot frei?«, schloss Henner noch schnell den obligatorischen Vorflugcheck ab, bevor der Wind auch schon kräftig in die Segel blies und die Wagen sogleich schwungvoll in Bewegung setzte.

Geräuschlos glitten die Landsegler in den windschnittigen Wagen in fast waagerechter Haltung über den harten Strand. Die Wagen glichen Kajaks mit Segeln, die auf drei breiten Gummireifen über den Strand fegten. Die meisten von ihnen waren Einsitzer. Hier und da konnte man auch Wagen mit zwei Sitzen hintereinander ausmachen.

Henner beobachtete fasziniert den selbst gebauten Dreisitzer, der von dem Vater des Geschwisterpärchens gesteuert wurde. Fast zwei Jahre lang hatte er an dem Geschoss gefeilt, gezimmert und herumgetüftelt, bis es endlich für den heutigen Tag bereit zum Start war. Der Junge saß gleich hinter ihm und das Mädchen neben ihrem Vater. Die Mutter der Kinder sah man nur selten im Yachtclub. Sie konnte dem Strandsegeln keine Begeisterung abgewinnen. Da war sie genau wie seine Frau. Zum Glück kam seine Tochter Rike nach ihm, die seit einigen Jahren ebenfalls vom Strandsegelvirus infiziert war, der hauptsächlich aus dem Rausch der Geschwindigkeit bestand, wobei der Adrenalinspiegel genauso schnell in die Höhe schoss, wie der Standsegler an Fahrt gewann.

Der Dreisitzer ging mit hohem Tempo in eine Kurve und der Wind trug aus der Ferne die Jubelschreie der Teenager und das Kreischen der Möwen zu ihm herüber. Der Vater der Kinder war ein langjähriges Mitglied des Yachtclubs und obendrein ein erfahrener Fahrer, der über einen DSV-Pilotenschein verfügte. Er wusste genau, was er tat, und konnte die wirkenden Kräfte aus Wind und Geschwindigkeit beim Strandsegeln realistisch einschätzen. Um den Wagen und seine Insassen musste Henner sich also keine Gedanken machen.

Er löste seinen Blick von dem Dreisitzer, um seine Aufmerksamkeit auch den übrigen Segelführern zu widmen – speziell seiner Tochter. Zufrieden beobachtete er die anderen Piloten. Selbst die Mitglieder, die erst seit Kurzem dabei waren, fuhren schon ordentlich und sicher, stellte er lächelnd fest. Im Gegensatz zum Segeln lernten seine Kursteilnehmer das Strandsegeln in relativ kurzer Zeit und konnten schnell mit den Fortgeschrittenen mithalten.

Eine kräftige Böe ergriff das Segel seiner Tochter und verlieh ihrem Wagen noch mehr Geschwindigkeit. Gekonnt überholte sie den Strandsegler neben sich. Bei Rike hatte es weniger als zwei Monate gedauert, bis sie so routiniert wie ein alter Hase über die Sandbank geflitzt war. Seine Tochter war im wahrsten Sinne des Wortes ein Naturtalent, wenngleich eines von der waghalsigen Sorte. Eine echte Draufgängerin, die sich vor dem Strandsegeln nicht fürchtete.

Gedankenverloren beobachtete er Rike und vergaß dabei für einen Moment die Welt um sich herum. Seine Tochter beschleunigte nun. Die kräftige Seebrise blähte das Segel auf, Wasserfontänen aus vollen Prielen spritzten unter dem Segelwagen empor. Rike beherrschte das millimetergenaue Spiel an der Schot und peitschte schnell wie ein Sturm über die Sandbank.

Henner legte eine Hand wie einen Schirm an seine Stirn, um die Sonnenstrahlen abzuschotten. Er schätzte, dass Rike nun über hundert Sachen in der Stunde draufhatte. Obwohl er seiner Tochter vertraute, spannte sich alles in ihm an. Langsam könnte sie das Tempo ruhig wieder runterfahren, dachte er, wobei ihm im nächsten Augenblick der Atem stockte. Rike setzte bei der hohen Geschwindigkeit zu einer Wende an. Das konnte unmöglich ihr Ernst sein. Das war doch Wahnsinn! Er wollte ihr eine Warnung zurufen, doch in dem Moment leitete sie das Manöver schon ein und verlor durch den Schwung die beidseitige Bodenhaftung der Räder. Sie schoss, auf eine Seite gekippt, um die Kurve.

Ein lauter Knall durchbrach das friedliche Dahingleiten am Strand. Henner zuckte zusammen, atmete im nächsten Moment aber auf. Rike hatte ihre waghalsige Wende gemeistert und fuhr wieder im langsameren Tempo über den Strand. Doch kaum hatte er realisiert, dass seine Tochter wohlauf war, fuhr er herum und suchte nach der Ursache für den Knall. In ungefähr 250 Meter Entfernung entdeckte er einen stehenden Strandsegler. Der Dreisitzer! Oh nein! Henner wurde heiß und kalt zugleich. Seine Augen weiteten sich vor Schreck und er rannte los. Er konnte sich nicht daran erinnern, dass er jemals so schnell in seinem Leben gelaufen war, und trotzdem hatte er das Gefühl, als käme er auf dem sandigen Untergrund und durch den Wind von vorn nur im Schneckentempo vorwärts.

Seine Gedanken stolperten durcheinander. Das konnte doch nicht sein! Es war doch bisher nie etwas passiert! Er zwang sich dazu, Ruhe zu bewahren, und kramte stattdessen sein Wissen als ehemaliger Rettungssanitäter hervor und darüber, was in einer Notsituation zu tun war.

Es erschien ihm, als wäre eine Ewigkeit vergangen, als er endlich den Segelwagen erreichte und sich seine grausame Ahnung in bittere Gewissheit verwandelte: Es hatte einen schrecklichen Unfall gegeben. Der Dreisitzer war mit voller Wucht gegen einen Begrenzungsholzpfahl geprallt. Alle drei Passagiere waren aus den Sitzen geschleudert worden und lagen nun bewusstlos im Sand. Mit zitternden Händen griff Henner nach seinem Handy und setzte einen Notruf ab, bevor er sich um die verunglückten Strandsegler kümmerte.

1

»Uns bleibt noch ungefähr eine Minute!«, rief Pia mir zu und sprang vom Rad. Hastig ketteten wir die Räder an die Fahrradständer, die sich am Rand des betonierten Hofes befanden. Dann sprinteten wir zum Schulgebäude und die Treppen hoch.

Wir schafften es rechtzeitig. Die Tür vom Physikraum stand sperrangelweit auf, als wir um die Ecke bogen, und Stimmengewirr waberte uns aus der Klasse entgegen, das mir zusätzlich verriet, dass sich unsere Lehrerin Frau Hartmann noch nicht im Physikraum befinden konnte. Sobald sie die Klasse betrat, war es nämlich immer mucksmäuschenstill.

»Geschafft!« Ich ließ mich auf einen Platz hinter einem Experimentiertisch in der vorletzten Reihe fallen. Ich war völlig außer Atem und durchgeschwitzt. Meine Wangen brannten wie nach einem Sprint über den Sportplatz. Wir waren die Letzten, die zum Unterricht eingetroffen waren. Jetzt fehlte nur noch Frau Hartmann.

Pia schaute auf das Display ihres Smartphones. »Wenigstens bist du heute nicht die Einzige, die sich verspätet hat. Die Hartmann liegt schon fast fünf Minuten über ihrer Zeit.«

»Meine Theorie ist ja, dass meine Unpünktlichkeit und mein schlechter Orientierungssinn an meinen Genen liegen muss ... oder so.« Weiter kam ich mit meinen theoretischen Überlegungen nicht, weil in diesem Moment ein Mann den Unterrichtsraum betrat, der seine lederne Umhängetasche auf dem Lehrertisch abstellte. Daneben legte er eine Zeitung und eine Packung Minz-Pastillen.

»Die Hartmann hat sich aber ziemlich verändert«, raunte ich Pia grinsend zu.

»Was macht denn Oberstudienrat Nörtemann hier?«, wunderte sich meine Freundin und ich zuckte genauso ahnungslos mit den Schultern.

Herr Nörtemann wartete, bis sich alle auf ihre Plätze gesetzt hatten und Ruhe eingekehrt war. »Guten Morgen. Frau Hartmanns Unterricht fällt heute wegen Krankheit aus. Da ich zum Thema Physik allerdings nicht allzu viel beizutragen habe, schlage ich vor, ihr macht entweder Schulaufgaben oder unterhaltet euch leise.«

Zustimmendes Murmeln erklang. Herr Nörtemann steckte sich eine Pastille in den Mund, setzte sich ans Lehrerpult und faltete gemütlich seine Tageszeitung auseinander, in die er sich augenblicklich vertiefte.

»Und dafür sind wir bei der Wärme die Tour de Cologne gefahren«, seufzte ich.

»Wahnsinn. Dass die Hartmann auch mal krank wird. War die doch noch nie. Und das im Sommer«, meinte Pia. »Apropos Sommer. Dass die Hartmann krank ist, trifft sich gut. Ich habe da nämlich was mitgenommen.« Sie kramte in ihrem Rucksack herum und beförderte dann einen Prospekt von *Happy Holiday Jugendtours* hervor. »Prego.«

»Woah, zeig her! Etwa für unseren Italienurlaub?« Ich zog den Katalog zu mir rüber und begann sofort, darin zu blättern.

Pia rückte mit ihrem Stuhl näher zu mir ran. »Klaro. Hat meine Mutter gestern aus dem Reisebüro mitgebracht. Sie meinte, dann könnten wir uns schon mal auf unseren Urlaub einstimmen.«

Ich schaute mir die bunten Fotos an, auf denen lachende Teenager bei einem Beachvolleyballmatch am Strand, beim Feiern in einem Club, beim Pasta- und Pizzaessen und in einer Gondel, die durch das türkisfarbene Wasser von Venedig glitt, abgebildet waren. »Am liebsten würde ich sofort losfahren! Hast du die Bilder vom Strand in Rimini gesehen?«

»Ja, der absolute Hammer!«

»Fünfzehn Kilometer langer Sandstrand!« Ich war Feuer und Flamme. In Gedanken hatte ich bereits Ferien und sonnte mich mit einem Fruchtcocktail in der Hand auf einer Liege am Meer.

»Echt cool, dass deine Eltern dir die Reise erlaubt haben«, fand Pia.

»Klar, ich bin ja schließlich auch alt genug«, antwortete ich wie selbstverständlich. Wobei das so klar eigentlich gar nicht gewesen war. Das Okay meiner Eltern hatte ich mir nämlich mühsam erkämpfen müssen. Obwohl ich mittlerweile sechzehn und damit in meinen Augen längst alt genug war, um nicht rund um die Uhr am Rockzipfel meiner Eltern zu hängen.

Normalerweise hatten sie immer darauf bestanden, dass wir in den Ferien gemeinsam Familienurlaub machten. Das Thema »Alleine verreisen« war seit jeher ein rotes Tuch für meine Eltern gewesen, weil sie die Auffassung vertraten, dass ich noch früh genug ohne sie in den Urlaub fahren würde und ich außerdem noch zu jung dafür sei. Da hatten auch nicht die Argumente geholfen, dass Familienurlaub auf der Schwäbischen Alp total öde war und andere Kinder schon mit zwölf an Jugendreisen teilnahmen, wie zum Beispiel Pia, und dass bei den Reisen immer Betreuer dabei waren und deswegen eigentlich nichts passieren konnte. Pias Eltern waren da wesentlich lockerer drauf und hatten sie mit vierzehn schon allein an einer Sprachreise nach London teilnehmen lassen. Was mir im Übrigen auch gutgetan hätte, denn neben Physik stand ich auch mit der englischen Sprache gehörig auf Kriegsfuß.

»Außerdem ziehen wir doch in den Sommerferien in das neue Haus um. Da sind meine Eltern froh, wenn sie freie Bahn haben und ich nicht im Weg stehe. Reicht schon, wenn das meine kleine Schwester tut.«

»Perfekt! In Rimini soll ja richtig Action sein. Am Tag la dolce vita am Strand und abends dann Party, tanzen und flirten«, schwärmte Pia. »Gut shoppen kann man dort bestimmt auch.«

»Hach, ich kann es kaum erwarten. Nur noch drei Wochen, dann sind wir frei und bald schon in bella Italia. Das ist alles so unglaublich aufregend!«

»Das wird megatoll!« Pia strahlte mich an.

»Ich brauche unbedingt neue Bikinis für den Urlaub. Und coole Flip-Flops.«

»Dann lass uns am Wochenende doch mal eine Tour durch die Läden machen«, schlug Pia vor.

Wir planten noch eine ganze Weile weiter und träumten von unserem bevorstehenden Urlaub, bis das Bimmeln der Schulglocke das Ende der Vertretungsstunde verkündete. Pia und ich packten unsere Sachen zusammen und eilten dann in unseren Klassenraum, wo als Nächstes Englisch auf dem Stundenplan stand.

Physik und Englisch direkt hintereinander waren sonst der blanke Horror für mich, doch an diesem Morgen konnte mich diese Kombination nicht schocken, zu sehr war ich mit unserer bevorstehenden Italienreise beschäftigt. Ich ging in Gedanken den Inhalt meines Kleiderschranks durch und überlegte, was mir für die Reise noch fehlte und ich dringend vorher besorgen musste. Selbst als unsere Lehrerin, Frau Möller, uns in bester britischer Manier begrüßte, war ich gedanklich ganz woanders: Italien!

Während ich so vor mich hin tagträumte, spürte ich plötzlich etwas Spitzes an meinen Rippen. »Autsch!«, entfuhr es mir. »Was ist denn los?«, fragte ich meine Freundin mit gedämpfter Stimme und rieb über die Stelle, an der mich ihr Ellbogen getroffen hatte.

Pia zog die Augenbrauen hoch. »Guck mal, was die Möller da gerade ausgepackt hat.«

Ich folgte ihrem Blick zum Lehrerpult und entdeckte darauf einen bedrohlich aussehenden Heftstapel. »Unsere Klassenarbeiten.« Sogleich verschwand mein euphorisches Gefühl und eine gewisse Unsicherheit machte sich in mir breit.

Für diese Englischarbeit hatte ich so viel gelernt wie eine absolute Streberleiche. Das musste ich auch, denn im

Unterricht beteiligte ich mich so gut wie gar nicht, was daran lag, dass ich eine schreckliche englische Aussprache hatte und mich nicht vor versammelter Mannschaft blamieren wollte. Deshalb hielt ich lieber den Mund, büffelte aber regelmäßig, um meine nicht ausreichende mündliche Leistung durch gute schriftliche Ergebnisse auszugleichen. Deswegen musste ich wenigstens in den Klassenarbeiten immer eine Drei schaffen, um am Ende eine Vier auf dem Zeugnis zu bekommen. Umso härter hatte es mich getroffen, dass ich in der letzten Englischarbeit einen völligen Blackout gehabt und bloß eine Vier minus geschrieben hatte. Rein rechnerisch bedeutete das, dass ich in der nächsten Arbeit – die vorne auf dem Lehrerpult korrigiert auf mich wartete – unbedingt eine Zwei brauchte, um eine realistische Chance auf ein Ausreichend auf dem Versetzungszeugnis zu haben.

Deswegen hatte ich für die Englischarbeit wie eine Geisteskranke gepaukt. Ich konnte die Vokabeln immer noch vorwärts und rückwärts runterbeten und hatte die Grammatikthemen perfekt draufgehabt. Zugegeben, beim Hörverstehen hatte ich Probleme gehabt. Ansonsten war mir die restliche Arbeit aber leicht von der Hand gegangen. Easy. Trotzdem machte mich der Anblick des Heftstapels ziemlich nervös.

»Ich fand die Arbeit eigentlich ganz einfach, kein Grund zur Panik«, flüsterte Pia mir zu.

»Kunststück! Du bist ja eh eine Einserkandidatin«, gab ich zurück.

»Bei dir ist es doch auch gut gelaufen. Oder, Emma?«

Ich zuckte mit den Schultern. »Eigentlich schon.«

»Na also.«

»Aber was mache ich, wenn es trotzdem keine Zwei geworden ist? Ich habe in den anderen Hauptfächern keinen Ausgleich.«

»Wird schon eine Zwei geworden sein«, sagte Pia aufmunternd. »Immerhin habe ich dich an dem Tag vor der Arbeit abgehört und da konntest du alles. Und zur Not redest du eben mit der Möller. Die ist doch echt nett und lässt dich bestimmt nicht hängen.« Meine Freundin lächelte mir aufmunternd zu, bevor sie sich wieder auf das Geschehen vorne im Klassenraum konzentrierte.

Frau Möller hatte inzwischen mit dem Unterricht begonnen und forderte uns nun auf, einen Text im Schulbuch zu lesen, der sich mit dem Thema »Bullying« beschäftigte, und danach die dazugehörenden Aufgaben zu lösen. Das machte sie immer so. Die Klassenarbeiten teilte sie grundsätzlich erst zum Ende der Schulstunde aus.

Ich versuchte, mich auf den Text zu konzentrieren und die Fragen irgendwie zu beantworten, doch mein Blick glitt immer wieder beunruhigt zu dem Heftstapel auf dem Pult. Ich bemerkte meine schwitzige Hand, in der ich den Füller hielt. Warum regte mich das eigentlich so sehr auf? Ich hatte doch ein gutes Gefühl – und gleichzeitig war ich total verunsichert.

Fünf Minuten vor Ende der Stunde schrieb Frau Möller den Klassenspiegel an die Tafel.

»Vier Einsen, sieben Zweien, neun Dreier und fünf Vierer«, verkündete sie und schrieb die Ziffern in das Zahlenraster. »Aber auch zwei Fünfen. Dafür dieses Mal keine Sechs.«

Sie legte die Kreide weg und teilte die Klassenarbeiten aus, wobei sie die Hefte aus einigen Zentimetern Höhe auf die Tischplatten fallen ließ. Die Arbeiten waren nicht nach Zensuren sortiert und so konnten wir nie anhand der Reihenfolge festmachen, wer welche Note geschrieben hatte. Noch nicht einmal an Frau Möllers gleichbleibender Miene konnte ich ablesen, ob sie gerade ein Heft mit einer Zwei oder einer Fünf zurückgab.

Als mein Heft im hohen Bogen vor mir landete, spürte ich den durch den Fall verursachten Luftzug auf meiner Haut. Mein Herzschlag beschleunigte sich und mein Atem ging flacher. Ich starrte auf das Heft, unfähig mich zu bewegen. Was, wenn es keine Zwei war? Ich war total von der Rolle.

»Willst du nicht nachsehen, was du hast, Emma?«, fragte mich Pia.

»Äh ... ich warte noch so lange, bis du auch dein Heft zurück hast«, antwortete ich ausweichend, um etwas Zeit zu gewinnen.

»Okay, dann gucken wir gleichzeitig.«

Wenige Augenblicke später flog auch Pias Heft auf die Tischplatte. Sie griff sofort danach. »Bist du bereit?«

War ich bereit? Nein! Aber was machte das schon für einen Unterschied? Also nickte ich bloß und nahm das Heft in die Hand.

»Auf drei. Eins, zwei und drei!« Pia klappte ihre Klassenarbeit auf und sogleich erschien ein strahlendes Lächeln auf ihrem Gesicht. »Eine glatte Eins. Yeah! Nur zwei Fehler.«

Ich machte immer noch keine Anstalten, mein Heft aufzuschlagen. Was, wenn es schlechter als eine Zwei war? Würde Frau Möller bei einer Drei wirklich mit sich reden lassen und mir trotzdem eine Gnadenvier auf dem Zeugnis geben?

Pia zog fragend die Augenbrauen hoch. »Willst du nicht nachsehen? Ist bestimmt eine Zwei.«

Ich nickte. Dann gab ich mir einen Ruck und blätterte mit zittrigen Fingern durch die Seiten, bis ich mich zur aktuellen Englischarbeit und zu der Stelle durchgekämpft hatte, an der die Note vermerkt war. Ich starrte perplex auf die Seite. Die Zahl, die ich dort sah, kannte ich zwar, mein Gehirn konnte sie jedoch nicht verarbeiten. In meinem Denkapparat hatte sich eine Art Staudamm gebildet, der verhinderte, dass Informationen in normaler Geschwindigkeit bei mir ankamen. Ich stand unter Schock und war nicht imstande, einen klaren Gedanken zu fassen.

Wie aus weiter Ferne hörte ich die Schulglocke, die zur großen Pause klingelte.

»Und?«, fragte Pia ungeduldig. »Zwei oder zwei?«

Ich schob ihr wortlos mein Heft rüber.

Pia griff danach. Ihre Augen weiteten sich. »Waaaas?«

»Kommst du mal bitte kurz zu mir, Emma?« Frau Möller winkte mir vom Lehrerpult aus zu.

»Ja.« Ich nickte meiner Lehrerin zu und merkte, wie sich ein Kloß in meinem Hals bildete.

»Ich warte vor der Cafeteria auf dich«, sagte Pia mit bekümmerten Blick. Dann schulterte sie ihren Rucksack und verließ den Klassenraum.

Ich nahm ebenfalls meine Schultasche und das Heft, das so schwer in meiner Hand wog, als wäre es ein Eimer voll mit Wasser. Ich fühlte mich miserabel – wie der letzte Loser. Die ganze Lernerei war für die Katz gewesen. War ich wirklich zu blöd für Englisch?

»Die Arbeit ist ja gehörig danebengegangen«, sagte meine Lehrerin und seufzte mitfühlend, als wir alleine im Klassenraum waren.

»Ja«, antwortete ich leise.

»Was war denn los mit dir, Emma? So kenne ich dich gar nicht.« Meine Lehrerin schaute mich fragend an. »Ich hatte vor der Arbeit den Eindruck, dass du den Stoff sicher beherrschst. Deine abgegebenen Hausaufgaben waren so weit auch immer okay.«

»Ich weiß auch nicht, wie das passieren konnte. Ich habe so viel geübt vor der Arbeit«, erklärte ich niedergeschlagen. »Eigentlich hatte ich ein gutes Gefühl.« Bis kurz vor der Rückgabe sogar noch. »Ich muss wohl einen Blackout gehabt haben.« Niedergeschlagen schaute ich auf meine Fußspitzen.

»Ich bin wirklich ratlos, Emma. Du hast den Text völlig falsch verstanden und dementsprechend auch die Fragen nicht richtig beantwortet. Dabei hast du im Schriftlichen bisher ganz passable Noten gehabt.«

Ich zuckte mit den Schultern. »Wahrscheinlich habe ich mir einfach zu viel Druck gemacht, weil ich wusste, dass ich eine bestimmte Note schreiben musste, um ein Ausreichend auf dem Zeugnis zu bekommen.«

»So scheint es mir gewesen zu sein. Und dass das Mündliche nicht zu deinen Stärken zählt, ist wahrlich kein Geheimnis. Hättest du wenigstens eine Drei geschrieben, hätte ich bestimmt noch eine Möglichkeit gefunden, dir trotz allem eine Vier auf dem Versetzungszeugnis zu geben. Aber so kann ich die Note auf der Zeugniskonferenz nicht rechtfertigen. Mit einem Mangelhaft bleibt mir leider nichts anderes übrig, als eine Fünf als Endnote festzusetzen. Ich hoffe, du kannst das Defizit in Englisch wenigstens durch eine Drei in einem anderen Hauptfach ausgleichen?«

Ich schluckte. »Leider nein. In Mathe, Latein und Deutsch stehe ich jeweils auf Ausreichend. Normalerweise habe ich wenigstens in Deutsch eine sichere Drei, aber bei der letzten Gedichtinterpretation habe ich mich völlig vergaloppiert und bei zwei Arbeiten pro Halbjahr bin ich dadurch auch in den Viererbereich abgerutscht.«

»Das ist ja ein schöner Schlamassel. Dann heißt das Nachprüfung in Englisch?«, wollte sie von mir wissen.

Nachprüfung. Was sollte ich auf ihre Frage antworten? Ich hatte ja noch nicht einmal den Schrecken wegen der Fünf verdaut und sollte nun entscheiden, ob ich eine Nachprüfung in Englisch machen wollte? Vielmehr: machen musste!

»Oder willst du die Klasse lieber wiederholen?«, fragte sie weiter, nachdem ich nicht gleich geantwortet hatte.

»Nein!«, kam es wie aus der Pistole geschossen aus mir heraus. Die Frage wirkte wie kaltes Wasser auf mein Gehirn, das aus seiner Schockstarre gerissen wurde. Sitzenbleiben kam für mich überhaupt nicht infrage – wenngleich es die gerechte Strafe für mich und meine Fauleritis wäre, die mich dieses Schuljahr befallen hatte. Die Klasse zu wiederholen, wäre mir nicht nur irre peinlich, sondern würde auch bedeuten, dass Pia und ich nicht mehr zusammen Unterricht hätten. Das ging ja mal gar nicht! Trotz Fauleritis.

»Dann doch lieber Nachprüfung in Englisch?«, fragte Frau Möller noch mal nach.

»Ja«, antwortete ich notgedrungen. Was blieb mir auch anderes übrig? Lieber eine Nachprüfung als Sitzenbleiben.

»Okay, dann bist du ab jetzt bei mir für den Recall eingeplant.« Frau Möller zwinkerte mir aufmunternd zu und notierte sich meinen Namen in ihrem Lehrerkalender. »Das werden wir schon irgendwie hinbekommen. So schwierig ist Englisch nämlich gar nicht.«

»Keine Sorge, das schaffen wir!«, hatte auch Pia siegessicher verkündet, nachdem ich ihr von der anstehenden Nachprüfung berichtet hatte. »Ich bin dann eben nicht nur deine Freundin, die dich zur Pünktlichkeit antreibt und dich als Pfadfinder vom Strand zurück ins Hotel lotst, sondern auch dein Englischcoach. Ich werde dich in Italien so lange mit englischer Grammatik und Vokabeln foltern, bis du glaubst, du wärst in Oxford gelandet und nicht am Strand von Rimini.«

Der Plan klang erst einmal gar nicht schlecht. Ich musste nur noch meinen Eltern verklickern, dass das mit der Versetzung dieses Mal nicht ganz so eindeutig geklappt hatte und ich in den Sommerferien für die Nachprüfung in Englisch am Strand von Rimini lernen musste – mit Pia als persönliche Nachhilfelehrerin. Das Argument war gar nicht so schlecht, denn sie stand seit Jahren auf einer glatten Eins und konnte mir dadurch tatsächlich beim Lernen helfen.

Als ich am Abend mit meinen Eltern und meiner kleinen Schwester Lea beim Abendessen saß, wusste ich immer noch nicht, wie ich ihnen die vermasselte Englischarbeit und die sich daraus ergebenen Konsequenzen am besten beichten konnte. Je mehr ich über die passenden Worte nachgrübelte, desto eher kam ich zu dem Entschluss, damit besser bis nach dem Abendbrot zu warten.

Als wir mit dem Essen fertig waren, verzog sich mein Vater hinter den Computer im Wohnzimmer, um noch geschäftliche E-Mails zu beantworten. Meine kleine Schwester schaute eine Sendung im Fernsehen und ich half meiner Mutter beim Tischabräumen.

Ich brachte Teller, Gläser und Besteck in die Küche, wo meine Mutter bereits Spülwasser ins Becken laufen ließ. Ich schnappte mir ein Geschirrtuch und wartete auf die ersten Teile zum Abtrocknen.

»Was ist denn mit dir los?«, fragte meine Mutter.

»Nichts. Was soll denn los sein?«, tat ich unschuldig.

Sie drehte den Wasserhahn zu und gab ein paar Tropfen Spülmittel ins Wasser. »Emma, ich bin deine Mutter und kenne dich lang genug, um zu wissen, dass immer was los ist, wenn du freiwillig in der Küche mithilfst.« Sie sah mich mit durchdringendem Blick an.

»Na ja, ich habe von Pia heute den Prospekt für die Italienreise bekommen«, fing ich mit dem harmlosen Thema an.

Meine Mutter spülte Gläser ab und stellte sie dann kopfüber auf die Abtropffläche. »Schön. Aber das kann ja nicht der Grund sein, weswegen du mir hilfst. Die Reise ist doch schon längst gebucht.«

»Och«, druckste ich herum und polierte konzentriert ein Glas auf Hochglanz, um meine Mutter nicht ansehen zu müssen.

»Na, spuck's schon aus«, ließ sie nicht locker und nahm mich fest ins Visier.

»Okay. Dir kann ich ja eh nichts verheimlichen und irgendwann muss ich es sagen«, gab ich auf und stellte das Glas auf die Arbeitsfläche. »Wir haben heute die Englischarbeit zurückbekommen.«

»Und?«

»Eine Fünf.« Ich kratzte mich verlegen am Kopf. Mir war die schlechte Note auch vor meiner Mutter unsagbar peinlich.

»Eine Fünf?« Meine Mutter stemmte die Hände in die Hüften. »Warum das denn? Du hast doch so viel dafür gelernt und warst dir absolut sicher, dass du eine gute Note schreiben würdest?«

»Habe ich und war ich ja auch. Aber trotzdem habe ich die Arbeit total vergeigt. Die Möller hat es auch nicht verstanden. Irgendwie habe ich den Text falsch verstanden und die Fragen dadurch nicht richtig beantwortet. Beim Hörverstehen hatte ich auch noch Schwierigkeiten, weil die Sprecher so schnell und undeutlich geredet haben«, erklärte ich. »Da habe ich dann auch einige falsche Antworten angekreuzt.«

»Das ist ja ein schöner Mist! Und was bedeutet das fürs Zeugnis?«

Ich wusste, egal wie ich es drehen und wenden würde, dass meine Mutter von mir enttäuscht sein würde. Deswegen sagte ich es geradeheraus. »Auch eine Fünf.«

»Und das in einem Hauptfach!« Sie schüttelte ärgerlich den Kopf.

»Die ich nicht ausgleichen kann«, fügte ich den entscheidenden Rest kleinlaut hinzu, um es hinter mich zu bringen.

Meine Mutter schnappte hörbar nach Luft. »Na bravo. Willst du mir etwa sagen, dass du sitzen bleibst?«

»Nein!« Ich hob beschwichtigend die Hände. »Ich habe mich gleich zur Nachprüfung in Englisch angemeldet.«

»Dann hast du ja in den Ferien viel zu tun.«

»Pia will mit mir lernen. Sie hat mir versprochen, dass sie mich jeden Tag Grammatik und Vokabeln abfragen wird«, versuchte ich, schön Wetter zu machen.

»Das ist ja wirklich nett von ihr, aber wie soll das von Italien aus gehen?«, fragte meine Mutter stirnrunzelnd.

»Das ist doch gar kein Problem. Wir haben das schon genau besprochen. Ich nehme all meine Englischsachen mit und wir können dann während der Fahrt und am Strand lernen«, erklärte ich ihr eifrig unseren Plan.

»So? Habt ihr das schon besprochen?« Meine Mutter lachte auf und schüttelte den Kopf. »Du glaubst doch nicht im Ernst, dass wir dich mit Pia noch nach Italien fahren lassen, wenn deine Versetzung nicht in trockenen Tüchern ist.«

»Aber Mama, ihr habt es mir doch versprochen und außerdem ist die Reise ja längst gebucht!«, protestierte ich.

»Das war, bevor du dich zur Nachprüfung anmelden musstest. Das ändert jetzt alles. Gut, dass wir im Vorfeld eine Reiserücktrittsversicherung abgeschlossen haben. Ich muss darüber sofort mit deinem Vater reden.« Meine Mutter verließ die Küche.

»Das kannst du doch nicht machen!«, rief ich ihr noch hinterher.

Natürlich war mir klar, dass meine Eltern mir ohne Weiteres die Teilnahme an der Reise verbieten konnten. Immerhin war ich noch nicht volljährig. Und sie hatten die Reise für mich bezahlt.

Während vom Wohnzimmer her Mamas und Papas Stimmen erklangen, blieb ich in der Küche stehen und ärgerte mich maßlos über mich selbst. Warum hatte ich mich im Englischunterricht nicht einfach öfter gemeldet, trotz meiner schlechten Aussprache? Was hätte schon passieren können? Im schlimmsten Fall hätten sich ein paar Idioten darüber lustig gemacht, dass ich das englische »th« wie »se« aussprach. Und im besten Fall hätte sich meine Aussprache vielleicht sogar verbessert und ich hätte jetzt keine Fünf auf dem Zeugnis und könnte mit nach Italien fahren. Nun hatte ich den Salat!

2

Vor vier Tagen hatten die Sommerferien begonnen. Normalerweise hätte ich mich darüber gefreut, denn was gab es Besseres an der Schule als die Sommerferien?! Doch in diesem Jahr hatte ich keinen Grund dazu. Seit dem Ferienstart lagen die Zeugnisse meiner Schwester und mir auf dem Wohnzimmertisch. Mein Zeugnis, mit dem Vermerk »nicht versetzt«, wie ein Mahnmal – und das meiner Schwester leuchtete regelrecht vor Einsern und Zweiern und verspottete mich. Jedes Mal wenn ich am Wohnzimmertisch vorbeiging, überkam mich automatisch ein Anflug von Scham und ich fühlte mich wie das schwarze Schaf in der Familie.

Meine Eltern hatten sich nicht mehr umstimmen lassen. Obwohl ich ihnen hoch und heilig geschworen hatte, meine Nase ganz tief in die Schulbücher zu stecken, wenn sie mich mit meiner Freundin nach Italien fahren lassen würden, war es bei einem ausdrücklichen Nein geblieben. Da hatte auch kein Bitten und Betteln geholfen.

Pia war gestern Abend mit der Reisegruppe nach Italien aufgebrochen. Und an meiner Stelle war ihre Cousine Eileen mitgefahren. Ich hatte sie zusammen mit ihren Eltern zum Reisebus gebracht und dabei versucht, einen möglichst fröhlichen Eindruck zu machen. Es wäre Pia gegenüber unfair gewesen, den Miesepeter raushängen zu lassen, nur weil ich aufgrund von schlechter Zensuren nicht mitfahren konnte. Die hatte ich mir schließlich selbst eingebrockt und Pia konnte nichts dafür. Als der Bus jedoch losfuhr und wir ihm hinterherwinkten, hatte ich einen Kloß im Hals, der sich anfühlte wie ein Tennisball. Wie gerne wäre ich mitgefahren! Pia und Eileen würden den Sommer ihres Lebens haben, so viel stand fest. Und ich? Nächstes Jahr. Das hatten wir uns versprochen. Doch zuerst würde mich der Plan meiner Eltern woandershin führen.

Denn sie hatten mir zwar nicht erlaubt, an der Italienreise teilzunehmen, aber sie hatten trotzdem ihr Wort gehalten: Ich fuhr ohne sie weg. Allerdings nicht mit einer Jugendgruppe nach Italien oder an einen anderen coolen Ort, von dem ich nach den Ferien schwärmen konnte. Nein, stattdessen schickten sie mich geradewegs in die Hölle. Sie hatten mich zum Pauken für die Nachprüfung in einem Englischcamp an der beschaulichen Nordsee angemeldet. Mit Unterbringung in einem Internat! Und meine kleine Schwester Lea würde ich auch noch im Schlepptau haben.

»Jetzt mach nicht so ein Gesicht! Die nordfriesische Küste ist wunderschön. Du darfst da lernen, wo andere Urlaub machen«, sagte meine Mutter betont gut gelaunt und klebte einen Umzugskarton mit braunem Klebeband zu.

»Hm«, brummte ich missmutig. Lernen, wo andere Urlaub machten, das hätte ich auch in Rimini mit Pia gekonnt, lag es mir auf der Zunge, doch ich verkniff mir den Kommentar. Diese Anmerkung hätte nur zu sinnlosen Diskussionen geführt, an deren Ende ich wütend meine Zimmertür zugeknallt und doch nicht gewonnen hätte.

»Und besonders der Strand in St. Peter-Ording ist ein wahrer Traum. Schneeweiß und unendlich lang. Und dann noch diese tolle Lage von dem Nordsee-Internat. Du fällst quasi aus dem Bett und bist direkt am Strand und nur wenige Minuten vom Reiterhof entfernt«, erklärte meine Mutter begeistert. »Das ist wirklich die perfekte Lösung. Du erhältst qualifizierten Englischunterricht und Lea kann den ganzen Tag reiten gehen.«

»Hm«, brummte ich noch einmal. »Zwanzig Stunden in der Woche Englisch. Von Montag bis Freitag. Das ist die pure Folter.«

Um meinen Eltern einen Gefallen zu tun, weil wir mitten im Umzug in ein Haus in einen anderen Kölner Stadtteil steckten, hatte ich eingewilligt, den Anstandswauwau für meine kleine Schwester zu spielen und mit ihr vier Wochen im Nordsee-Internat in St. Peter-Ording zu verbringen. Vier Wochen in den Sommerferien die Schulbank drücken – wer träumte da nicht von? Eigentlich hatte ich aber auch gar keine andere Wahl gehabt. Die Fünf auf meinem Zeugnis hatte sich leider nicht über Nacht in eine bessere Note verwandelt, also erwarteten meine Eltern von mir, dass ich alles gab, um die Nachprüfung zu bestehen.

»In dem Camp wird ja nicht nur gelernt, Emma. Der Unterricht findet nur bis mittags statt und danach habt ihr

Freizeitprogramme. Deine Ferien kommen schon nicht zu kurz. Hilfst du mir mal?«

Ich drückte zwei Papplaschen eines Kartons zusammen, während meine Mutter mehrere Bahnen Klebeband drüber befestigte. »Ich habe noch nie was von diesem St. Peter-Ording gehört. Scheint nicht sonderlich spannend dort zu sein.«

»Ach, Blödsinn! Dein Vater und ich sind mal mit unserem alten Käfer dorthin gefahren, bevor wir geheiratet haben. Damals waren wir noch Studenten und haben dort auf einem Campingplatz unser Zelt aufgeschlagen. Wir haben in St. Peter-Ording eine wunderschöne Zeit verbracht. Wie gerne würde ich mit dir tauschen.« Das Gesicht meiner Mutter umspielte ein wehmütiges Lächeln.

»Besonders der Strand mit den Salzwiesen, die Pfahlbauten und die vielen Vögel hatten es uns damals angetan. Ich würde dir wirklich gerne Bilder von dem Urlaub zeigen, aber die Fotoalben sind schon in irgendeinem Umzugskarton verstaut.«

»Nicht so wichtig«, winkte ich ab. Die Reise meiner Eltern war ja Urzeiten her und klang nicht gerade spannend. Zumal mich Vögel nicht wirklich interessierten und was um alles in der Welt waren Salzwiesen und Pfahlbauten?

»Wäre das Sprachcamp wenigstens auf Sylt«, meinte ich seufzend. »Da wäre immerhin ein gewisses Level an Abwechslung und coolen Leuten gegeben.«

»Ach ja? Wer sagt denn, dass Sylt so toll ist?«

»Habe ich von Kim gehört. Sie fährt da jedes Jahr zum Surfen hin. Sylt soll richtig cool und die angesagteste Insel in Deutschland sein. Sie meinte, dort wäre viel los und man trifft eine Menge Leute in meinem Alter.« Und mit ein bisschen Glück liefen einem dort sogar Promis über den Weg, die zu den angesagten Partys gingen.

»Ach was. Sylt ist auch nur eine Insel in der Nordsee.«

»Da fahren auch noch andere Leute aus meiner Stufe hin. Nach St. Peter-Ording fährt keiner«, sagte ich ausweichend. Das Argument mit den Promis und Partys hätte meine Mutter nicht gelten lassen.

Meine Mutter stellte den Karton auf einen anderen drauf. »Und dadurch ist Sylt besser als St. Peter-Ording?«

Ich zuckte mit den Schultern. »Von St. Peter-Ording habe ich jedenfalls noch nie etwas gehört. Von Sylt schon. Und zwar jede Menge.«

»Dann erkundige dich doch zuerst mal über St. Peter-Ording, bevor du hier rummoserst. Zu deiner Information, der Ort gilt nämlich als das Surf-Mekka der Nordsee und steht Sylt in dieser Hinsicht in nichts nach. Du googelst doch sonst auch immer alles«, merkte sie an. »Aber erst hilfst du mir noch dabei, die Weihnachtsdekoration zu verpacken.«

Nach der Weihnachtsdekoration sind meiner Mutter dann noch tausend andere Dinge eingefallen, bei denen sie unbedingt meine Hilfe und die meiner Schwester brauchte. Mein Vater hatte noch keinen Urlaub, deswegen blieb ein Großteil der Packerei an meiner Mutter und teilweise auch an mir und meiner Schwester hängen. Aber den Rest des Umzugs würden meine Eltern ohne uns meistern, wenn meine Schwester und ich im verschlafenen St. Peter-Ording waren. Ich wusste mittlerweile gar nicht mehr, was mir lieber wäre: zu Hause bleiben und beim Umzug helfen oder in den Sommerferien Englisch pauken.

Irgendwann hörte ich den Schlüssel im Schloss. Mein Vater kam von der Arbeit, was bedeutete, dass es bereits Abend war und wir mehrere Stunden lang gepackt hatten. Zeit also für Feierabend. Ich verzog mich auf mein Zimmer, wo ich mich auf mein Bett fallen ließ. Mein Handy blinkte auf dem Nachttisch. Pia hatte mir geschrieben.

Hey! Was geht bei dir? Haben uns voll den Sonnenbrand geholt.

Ich schrieb gleich zurück.

Selber hey. Nicht viel. Hier scheint noch nicht einmal die Sonne, um sich die Haut zu verbrennen. Es regnet schon den ganzen Tag. Wenn du Zeit hast, dann melde dich mal.

Ich stand wieder auf und ging zu meinem Schreibtisch, auf dem mein Laptop stand. Ich gab bei Google *St. Peter-Ording* ein und drückte auf Enter. Die Suchmaschine spuckte über 400.000 Ergebnisse aus. Das war mir ein bisschen viel auf einmal, daher beschloss ich, mich zuerst bei Wikipedia über meinen zukünftigen Aufenthaltsort des Grauens (wie ich ihn heimlich nannte) zu erkundigen.

St. Peter-Ording ist eine Gemeinde im Kreis Nordfriesland in Schleswig-Holstein. Sie hat als einziges deutsches Seebad eine eigene Schwefelquelle und trägt daher die Bezeichnung »Nordseeheil- und Schwefelbad«.

Na toll! Ich wollte gar nicht mehr weiterlesen. So was hörte sich verdächtig nach dem Hund an, der dort wohl begraben lag. Trotzdem klickte ich noch einige weitere Links an, woraufhin meine schlimmsten Befürchtungen bestätigt wurden.

Der Aufenthaltsort des Grauens lag nicht nur am Ende der Welt, dort reihte sich auch eine Kurklinik neben die andere. Coole Clubs oder stylische Läden gab es dort genauso wenig wie heißes Sommerwetter, bei dem man sich zum Sonnen an den Strand hätte legen können. Bei durchschnittlichen Temperaturen von zwanzig Grad im Juli und August würde ich höchstwahrlich mit Jeans und Strickjacke an den Strand gehen und nicht im Bikini und mit Sonnencreme. Meine Laune sank in den tiefsten Keller. Zum Glück klingelte in diesem Augenblick mein Handy. Pia war dran.

»Na, alles gut bei dir?«, fragte sie fröhlich. Im Hintergrund war Stimmengewirr zu hören.

»Geht so. Und bei dir? Bist du mit Eileen am Strand? Und was macht der Sonnenbrand?«

»Bin ich und ich habe mich dick mit Sonnencreme einbalsamiert. Total voll hier. Wir liegen wie die Sardinen eng nebeneinander. Ich bin gerade am Coco Beach 106 b. Hier ist nämlich alles durchnummeriert und in Strandabschnitte eingeteilt.«

»Klingt nicht sonderlich gemütlich. Eher nach Massenabfertigung.«

»Ist auch so. Weniger wäre mehr gewesen. Aber das ist der Strandabschnitt, wo sich die meisten Jugendlichen aus Deutschland und der Schweiz treffen und zusammen abhängen.«

»Aber sonst ist es schön?«, fragte ich.

»Ganz okay.« Das hörte sich für Pias Verhältnisse eher nach gedämpfter Begeisterung an.

»Die Shops sind schon cool und die Leute nett. Gestern habe ich zwei süße Typen aus Düsseldorf kennengelernt und mich später mit ihnen und ein paar anderen Leuten in einer Cocktailbar getroffen. Aber nächstes Jahr muss ich nicht noch mal hier hin fahren. Dann möchte ich lieber mit dir nach St. Tropez. Da bietet die Reisegesellschaft nämlich auch Fahrten hin an.«

Ich musste lachen und war ein kleines bisschen erleichtert darüber, dass ich doch nicht so viel verpasste, wie ich befürchtet hatte. Und die süßen Typen aus Düsseldorf konnten auch nicht so toll sein, wenn Pia sie nur beiläufig erwähnte. »Aha. Du willst mir jetzt aber nicht sagen, dass du lieber mit mir ins Englischcamp nach St. Peter-Ording gefahren wärst?«

Pia lachte nun auch. »Kommt drauf an, ob es in diesem Peter-Gedöns cool ist und man spannende Sachen machen kann.«

Ich zog die Stirn kraus. »Ich habe gerade mal gegoogelt, wohin mich meine Eltern für vier Wochen verfrachten.«

»Und? Wie ist es da?«

»St. Peter-Ording ist ein Kurort. Mit ungefähr tausend Kliniken, die wahrscheinlich ausschließlich von alten Leuten bevölkert werden und wo um sechs Uhr abends die Bordsteine hochgeklappt werden. Wenn sie denn überhaupt mal runtergeklappt werden ...«

»Du solltest das nicht so schwarz sehen. Auf einer Insel kann man es sich doch eigentlich immer schön machen«, sprach Pia mir Mut zu.

»Halbinsel«, warf ich ein.

»Was?«

»St. Peter-Ording ist auf keiner Insel, sondern befindet sich auf der Halbinsel Eiderstedt«, las ich Pia aus Wikipedia vor.

»Was soll denn bitte schön eine Halbinsel sein? Noch nie gehört.«

»Moment.« Ich suchte den Abschnitt mit der Definition einer Halbinsel. »Wikipedia sagt: ›Eine Halbinsel ist eine in einem Gewässer liegende, auch bei Flut über den Wasserspiegel hinausragende Landmasse, die überwiegend, aber nicht vollständig von Wasser umgeben ist, sondern noch über eine natürliche Verbindung zum Festland verfügt.‹«

»Aha ...« Im Hintergrund wurden die Stimmen lauter und dann war ein klatschendes Geräusch zu hören. Pia quietschte laut auf. »Sorry, aber ich muss auflegen. Ich bin gerade mit einer Wasserbombe beworfen worden und muss mich sofort rächen gehen. Ich melde mich die Tage wieder bei dir. Ciao!«

»Ja, kein Problem. Bis dann«, antwortete ich noch, doch da war die Verbindung schon weg. Seufzend legte ich mein Smartphone weg und las noch mal den letzten Artikel. In St. Peter-Ording wohnten knapp über 4.000 Leute. Köln hatte über eine Million Einwohner. Hörte sich nach einem krassen Kulturschock an. Ich seufzte noch einmal und klappte den Laptop zu.

In St. Peter-Ording gab es vermutlich keine Strandabschnitte, an denen sich Jugendliche aus Deutschland und der Schweiz trafen. Wahrscheinlich verirrten sich dorthin überhaupt keine Teenager in meinem Alter freiwillig. Dabei hatte ich doch so viel in den Sommerferien erleben wollen. Ich hatte mich so darauf gefreut, endlich neue Leute kennenzulernen, mit denen man Spaß haben konnte, die Tage am Strand und die Abende auf angesagten Strandpartys zu verbringen. Insgeheim hatte ich sogar davon geträumt, einen süßen Jungen in Italien kennenzulernen und mich vielleicht sogar zu verlieben.

Aber all das würde ich wohl kaum in einem beschaulichen Kurort erleben, dessen größte Attraktion ein kleines Kino war. Wahrscheinlich war genau das der Grund, weswegen in St. Peter-Ording ein Englischcamp stattfand, weil es dort nämlich nichts Interessantes gab und einem gar nichts anderes übrig blieb, als in den vier Wochen Vokabeln und Grammatik zu pauken. Das würden öde Sommerferien werden!

3

Samstagmorgen um acht Uhr waren wir startklar. Nachdem mein Vater unser Gepäck in dem Kofferraum unseres Kombis verstaut und wir uns von meiner Mutter verabschiedet hatten, die für uns so viele belegte Brötchen eingepackt hatte, als würde mindestens noch eine Familie mitkommen, ging die Fahrt los Richtung Norden. Unsere Mutter blieb in Köln, um die restlichen Sachen einzupacken, bevor der Umzug begann.

Das Navi unseres Autos hatte die Strecke exakt berechnet: Vor uns lagen 568 Kilometer, 12 Baustellen und eine geschätzte Fahrzeit von 5 Stunden und 49 Minuten. Was das Navigationsgerät allerdings nicht kalkulieren konnte, war die Anzahl von Papas Tobsuchtsanfällen, wegen des Fahrstils anderer Autofahrer oder weil wir im Stau steckten und es nur im Stop-and-go-Tempo vorwärtsging.

Ich saß auf dem Beifahrersitz und blendete die Anfälle meines Vaters und die Gespräche zwischen ihm und meiner Schwester aus, indem ich meine Lieblingsplaylist hörte, die eigentlich der Soundtrack zu unserem Italienurlaub hätte sein sollen. Gedanklich hatte ich mich weit weggebeamt.

Ich schaute aus dem Autofenster, vor dem die Welt an mir zu den Klängen von *This Town* von Niall Horan vorbeiflog.

Wenigstens liegt St. Peter-Ording am Meer, dachte ich wehmütig. Neben der Lernerei konnte ich mich bestimmt auch mal ein paar Stunden an den Strand legen. Und vielleicht würde ich mir dann wenigstens auch einen Sonnenbrand holen – trotz maximaler zwanzig Grad. Aber regnete es nicht fast immer an der Nordsee und trugen die Leute nicht deswegen diese gelben Friesennerze?

Vermutlich hatte ich viel zu luftige Kleidung eingepackt und hätte besser Gummistiefel und Strickpullis statt kurze Hosen und Tops einpacken sollen, überlegte ich schläfrig. Aber nun war es eh zu spät.

Ich dämmerte langsam weg, und als ich wieder aufwachte, waren wir bereits an Hamburg vorbei. Die Autobahn vor uns war endlich frei.

Als ich aus dem Fenster schaute, fiel mein Blick auf Schafe, die hinter Zäunen auf Wiesen neben der Autobahn grasten. In der Ferne ragten Windräder empor, deren riesige Rotorblätter gleichmäßig die Luft durchpflügten. Es schien, als hätten wir alle Städte weit hinter uns gelassen. Vermutlich gab es in den Ortschaften hier mehr Schafe als Einwohner. Wir glitten mit 180 km/h die immer flacher werdende Landschaft entlang und Nordfriesland und den langweiligsten Ferien meines Lebens entgegen.

»Sie haben Ihr Ziel erreicht. Die Routenführung ist nun beendet!«, plärrte die Frauenstimme vom Navigationssystem nach etwa zwei Stunden. Mein Vater parkte den Wagen vor einem roten Steinhaus.

»Endlich!«, jubelte Lea und drückte sich die Nase an der Fensterscheibe platt. »Wo sind denn die Ponys?«

Mein Vater drehte sich zu uns um. »Die wirst du noch früh genug sehen, Lea. Wenn sie hier am Straßenrand stehen würden, würde ich mir wirklich Sorgen machen.«

»Dann mal los.« Er stieg aus dem Auto und ging auf den Eingang des Nordsee-Internats zu. Wir watschelten ihm hinterher wie eine Entenfamilie auf dem Weg zum See.

»Ich möchte Lea und Emma Overbeck anmelden«, sagte er zu der Dame am Empfang, die unsere Namen auf einer Liste suchte und dann auch fand.

»Einen Moment, bitte. Herr Wichert zeigt Ihnen und euch dann gleich die Zimmer im Deichhaus.«

Herr Wichert war pädagogischer Mitarbeiter im Internat und stellte sich uns als Tom vor. Wir folgten ihm über den Campus zu einem ebenfalls rot gemauerten Gebäude, dann über Treppen und Flure, bis er vor einer Tür stehen blieb, die er mit einem Schlüssel entriegelte. »Hier wäre dann euer Zimmer.«

»Wie cool!«, rief Lea.

»Nicht schlecht«, befand auch ich.

Das Zimmer war hell und modern eingerichtet. Herzstück war eine Kombination aus zwei Betten und einem großen Schrank, wobei sich eine Schlafmöglichkeit auf den Schränken als eine Art Hochbett und die andere links unten vor der seitlichen Schrankwand befand.

»Wirklich sehr schön«, meinte mein Vater und sagte dann zu Tom gewandt: »Vielen Dank noch mal, dass meine Töchter so kurzfristig zusammen ein Zimmer bekommen haben.«

»Gar kein Problem. Unser Internat ist ziemlich groß und in den Ferien ohnehin recht leer. Da haben wir immer genügend Zimmer, um auch spontan auf Unterbringungswünsche unserer Gäste zu reagieren.« Der Betreuer trat auf den Gang und deutete auf eine Tür. »Das Bad und die Duschen sind gleich gegenüber auf dem Flur«, erklärte er.

»Ich schlafe oben«, beschloss Lea und kraxelte wie selbstverständlich die orangefarbene Leitervorrichtung hoch.

»Von mir aus. Ich schlafe eh lieber unten«, stimmte ich zu.

»Dann hole ich mal euer Gepäck«, verkündete mein Vater, bevor er mit Tom verschwand.

Ich ging zum Fenster und staunte nicht schlecht. Ich schaute tatsächlich direkt auf den Deich – einen Damm, der das Hinterland von Überflutungen durch das Meer schützte. Vor dem Deich befand sich ein Volleyballfeld, das von Wiesen umgeben war. Der Hausname hielt schon mal, was er versprach. Außerdem war ich ziemlich erleichtert darüber, dass unser Zimmer völlig anders war, als ich es erwartet hatte. In meinen Vorstellungen waren wir in typischen Sechsbettzimmern untergebracht gewesen, mit mindestens einer Schnarcherin und einem Mädchen, das im Schlaf redete.

Nachdem mein Vater und Tom uns unser Gepäck gebracht hatten, nahte auch schon der Abschied. Mein Vater hatte es sich nämlich in den Kopf gesetzt, am gleichen Tag noch die Strecke von St. Peter-Ording bis nach Köln wieder zurückzufahren, um keine kostbare Zeit für den Umzug zu verlieren. Etwas verrückt, fand ich, aber so war er nun mal. Wir umarmten ihn zum Abschied und mussten ihm versprechen, uns gut zu benehmen.

»Abendbrot ist um 18 Uhr. In der Mensa im Haupthaus. Ist alles hier auf dem Campusplan eingezeichnet.« Tom übergab uns zwei ausklappbare Karten, auf denen das komplette Nordsee-Internat aufgezeichnet und alle wichtigen Orte beschriftet waren, zum Beispiel die Mensa, WCs, Gemeinschaftsräume, der Fitnessraum und der Fernsehflur mit Strandkörben als Sitzgelegenheit statt einem Sofa. »Bis dahin könnt ihr euch ein bisschen die Umgebung ansehen.«

Kaum war auch Tom verschwunden, kramte Lea in ihrer Reisetasche herum.

»Willst du erst auspacken?«, fragte ich sie.

»Quatsch! Ich will nur schnell meine Reithose anziehen. Auf dem Plan ist auch der Reiterhof eingezeichnet.«

»War ja klar.« Ich konnte den Pferdefimmel meiner Schwester nicht verstehen. Ponys konnte ich noch nie etwas abgewinnen und war heilfroh, dass es Pia damals in der 5. Klasse auch so ging, denn sonst hätte ich niemanden gehabt, mit dem ich mich in der Schule hätte unterhalten können. Während die anderen Mädchen um uns herum nur noch über Turniere und Reitabzeichen redeten, fanden Pia und ich genug andere Gemeinsamkeiten, die uns verbanden, und wurden schnell zu besten Freundinnen. Daran hatte sich bis heute nichts geändert.

»Können wir da hingehen?«, fragte Lea ungeduldig.

Ehe ich es mich versah, stand ich mitten auf dem Deich und schaute über scheinbar endlose Wiesen, auf denen Vögel landeten und sich aus ihnen wieder hoch in die

Lüfte erhoben. Ob das diese Salzwiesen waren, von denen Mama erzählt hatte? Eine kräftige Brise flatterte mir um die Nase, die ein bisschen nach Salz schmeckte und den Geruch von Algen und Muscheln vom Meer herüberwehte.

Aber wo war eigentlich das Meer? Ich legte eine Hand an die Stirn, um das Sonnenlicht abzuschirmen, konnte jedoch nirgendwo Wasser ausmachen. Wenigstens war es mir in meiner kurzen Hose nicht kalt und der Himmel war so blau, wie er nur sein konnte. Kein Regen in Sicht, stellte ich beruhigt fest.

»Da vorne muss der Reiterhof sein.« Lea hielt den Campusplan in der einen Hand und zeigte mit der anderen auf einen Sandplatz, der neben dem Deich lag und auf dem Hindernisse standen. Im Gegensatz zu mir verfügte sie über einen guten Orientierungssinn und konnte auch problemlos Straßenkarten lesen. Ich hingegen war ohne das Navigationssystem meines Handys komplett aufgeschmissen.

»Sieht verdächtig danach aus.«

»Dahinter ist eine Reithalle!«, rief sie begeistert und lief den Seedamm hinab.

Ich folgte ihr bis zu einer Weide, die gegenüber des Reitplatzes lag und auf der einige Pferde grasten.

Lea griff in die Tasche ihrer Reithose und beförderte daraus Leckerlis hervor. »Komm mal her!«, rief sie einem braunen Pony zu und schnalzte dabei mit der Zunge. Das Tier setzte sich sogleich in Bewegung und nahm Kurs auf meine Schwester. Wenig später nahm es mit seinen Lippen das Leckerli aus Leas flacher Hand auf.

»Willst du auch mal?«

»Okay«, sagte ich zögerlich und schüttelte innerlich den Kopf. Meiner Schwester zuliebe schaute ich mir nicht nur Pferde an, sondern gab ihnen sogar Leckerlis.

»So legst du es auf die Hand und dann streckst du es dem Pferd entgegen«, erklärte Lea.

»Hauptsache, dein neuer Freund beißt mir nicht vor lauter Hunger die Hand gleich mit ab.«

»Quatsch!« Lea lachte laut auf. »Pferde mögen doch gar kein Fleisch.«

»Dann bin ich ja beruhigt.«

Mit klopfenden Herzen streckte ich meinen Arm Richtung Pony aus, gleichzeitig bereit, meine Hand blitzschnell wieder zurückzuziehen, falls es doch darauf Appetit haben sollte. Doch das Pony schaute mich nur gelangweilt an und machte keine Anstalten, sich meiner Hand zu nähern. Es schnaubte einmal laut durch die Nüstern, bevor es uns sein Hinterteil zeigte und dann gemächlich zu einer Tränke marschierte.

»Hab ich was falsch gemacht?«, fragte ich irritiert. »Ich dachte, Pferde stehen so auf Leckerlis.«

»Tun sie auch.« Lea verschränkte die Arme. »Tja, aber das Pony hat dir gerade einen Korb gegeben.«

»Na toll.« Mein Aufenthalt in St. Peter-Ording fing ja gut an.

Insgeheim beneidete ich Lea. Im Gegensatz zu mir hatte sie sich nicht ein Mal Gedanken darüber gemacht, ob sie nette Leute in den Ferien treffen würde, mit denen sie ihre Zeit verbringen konnte. Für sie kam das automatisch mit ihrem Hobby zusammen. Reiter interessierten sich für Pferde und schon waren sie auf einer Wellenlänge. So einfach war es in meinem Fall dann doch nicht. Ich rechnete mir eher geringe Chancen darauf aus, dass ich ausgerechnet in einem Englischcamp eine Schwester im Geiste fand, mit der ich tatsächlich verbindende Gemeinsamkeiten hatte – außer der Tatsache, dass wir ausgemachte Nieten in der englischen Sprache waren.

Beim Abendessen in der Mensa des Internats sah ich bereits meine Befürchtung bestätigt: Keine Leute weit und breit in Sicht, mit denen das Englischcamp halbwegs spaßig werden könnte. Nur solche, die weiblich waren, Reitsachen und ihre Haare zu Pferdeschwänze gebunden trugen und damit eindeutig zur Pferdefraktion gehörten, oder Leute, die zusammen in Grüppchen saßen, zu denen ich mich aber nicht gesellen wollte, weil ich mir dabei blöd vorgekommen wäre. Wie ein Eindringling, der mit aller Macht Anschluss suchte und verzweifelt wirkte. Nur vereinzelte Leute saßen wie ich alleine, doch die steckten teilweise sogar schon während des Essens die Köpfe in die Englischbücher und waren vermutlich nicht an neuen Bekanntschaften interessiert – obwohl das Englischcamp erst nach dem Wochenende begann. Das konnte ja heiter werden.

Nach dem Abendessen hatten meine Schwester und ich sowie die anderen Teilnehmer einen ersten Termin. Lea marschierte mit der Pferdefraktion zum Reiterhof und ich zum Lernraum im Sonnenhaus, wo sich unser Lehrer vorstellen wollte.

Der Lernraum war wie ein normaler Klassenraum eingerichtet. Allerdings waren die Tische und Stühle neuer und gepflegter, als ich es von meiner Schule her kannte. Neben der Tafel befanden sich außerdem ein Whiteboard und ein Beamer in dem Raum.

Ich setzte mich an einen Tisch in die hinterste Reihe gleich neben der Tür und nahm die restlichen Teilnehmer unter die Lupe. Die Gruppe bestand aus 15 Schülern, die ich zwischen 15 und 18 Jahre einschätzte. Sechs Mädchen und neun Jungs, die vermutlich genauso wenig hier sein wollten wie ich und sich ihre Sommerferien ursprünglich anders vorgestellt hatten. Um mir die Zeit zu vertreiben, malte ich ein paar Blumen in meinen mitgebrachten Block und wartete gespannt auf den Englischlehrer, der mir innerhalb von vier Wochen die englische Sprache hoffentlich besser rüberbringen würde als Frau Möller an meinem Gymnasium.

Da flog mit einem Schwung die Tür auf und ein drahtiger Typ in Shorts und blauem Poloshirt betrat den Raum. Er marschierte strammen Schrittes zum Lehrerpult und schrieb dann in großen Buchstaben seinen Namen an die Tafel.

»Hi and welcome. My name is Mister John Walsh and I'm your English teacher during english camp. I'm sure we will have a good time together«, verkündete der Typ im einwandfreien Oxford-Englisch (das sogar ich verstand), der offensichtlich nicht nur unser Lehrer, sondern auch Muttersprachler war.

Er trug eine dunkelblaue Kappe mit dem weißen Emblem des Internats darauf und seine Haut war sonnengebräunt, als käme er frisch aus dem Urlaub. Ich schätzte ihn auf vielleicht 35 Jahre. Er machte einen sportlichen und zugleich motivierten Eindruck. Irgendwie erinnerte er mich an einen Ranger, der Touristen durch kanadische Nationalparks scheuchte und auf jede Frage eine Antwort wusste.

»In my lessons we only speak English. German is not allowed. At the end of the english camp you need to pass a final test. I expect all of you to be successful. And I have no doubt that you will succeed.«

Was der nicht alles von uns erwartete! In welches Drillcamp war ich denn hier geraten? Hilfe! Und falsch verstanden hatte ich ihn auch nicht, dafür sprach Mister Walsh viel zu deutlich - nicht so, wie die Leute auf den Schul-CDs. Wir sollten also die ganze Zeit auf Englisch reden? Ich und Englisch reden? Das gehörte nicht zu meiner Spezialität. Und ganz zum Schluss des Camps musste ich auch noch eine Abschlussprüfung schreiben?

Um die Ernsthaftigkeit seiner Worte noch zusätzlich zu betonen, fügte er hinzu: »This english camp is real. Got it?«

Schon klar. Langsam dämmerte mir, dass Mister John Walsh vermutlich genau der Richtige war, mit dessen Hilfe ich mein Englischproblem bis zur Nachprüfung in den Griff bekommen konnte, auch wenn mir gleichzeitig vor den nächsten Wochen und seinem harten Unterricht graute.

4

Als ich aus dem Lernraum des Sonnenhauses kam, schwirrte mir der Kopf. Mister Walsh hatte sich uns nicht nur vorgestellt, vor allem hatte er uns seine konkreten Vorstellungen davon vermittelt, wie die nächsten vier Wochen für uns aussehen würden. Und das hieß im Klartext: English, English, English – bis uns die Sprache aus beiden Ohren wieder rauskam. Das waren ja tolle Aussichten.

Ich trat aus dem Haus heraus und lief über eine Wiese. Dort ließ ich mich unter einem Baum nieder und schloss die Augen. Mister Walshs Ansagen musste ich erst einmal verdauen. Der Wind raschelte in der Baumkrone und blies mir leicht über die Haut. Obwohl der Deich einige Meter hinter dem Haus lag, spürte ich durch die Luftbewegung die unmittelbare Nähe zum Meer. Ich schaute auf die Zeitanzeige meines Handys. Kurz nach halb acht. Um 21 Uhr musste ich erst wieder auf meinem Zimmer sein. Was machte ich am besten mit der Zeit? Lea war bestimmt noch auf dem Reiterhof. Ich beschloss, sie dort abzuholen, und machte mich auf den Weg dorthin. Dieser war so einfach, dass sogar ich die Reitanlage finden würde, ohne mich zu verlaufen. Vielleicht konnten Lea und ich auf dem Rückweg noch einen Abstecher zum Strand machen.

Als ich auf dem Deich ankam, blickte ich wieder über die riesigen, mit Wasserläufen durchfurchten Wiesen und versuchte, dahinter das Meer zu erspähen, konnte jedoch wieder nichts erkennen. Mir war klar, dass da irgendwo hinten Wasser sein musste, denn wo ein Deich war, war auch bekanntlich das Meer. Dazu musste man kein Experte sein. Das wusste sogar ein Mädchen aus der Großstadt wie ich.

Ich schlenderte weiter über den betonierten Damm, wich hier und da Joggern oder Radfahrern aus und entdeckte auf einmal ein schwarzes Etwas, das geradewegs auf mich zugerannt kam. Ein großer Neufundländer mit heraushängender Zunge und wedelndem Schwanz machte eine Vollbremsung vor mir.

»Na, wo kommst du denn her?«, fragte ich den schwarzen Hund und tätschelte seinen Kopf. Ich mochte Hunde – im Gegensatz zu Pferden. Und dieser gefiel mir ganz besonders. Das Tier erinnerte mich an Wim, den verstorbenen Hund meiner Großeltern, den ich als Kind heiß und innig geliebt hatte.

Der Neufundländer sprang freudig an mir hoch, als hätte er mich seit Jahren nicht gesehen. »Ja, ist ja gut. Du bist doch bestimmt irgendwo ausgebüxt«, sagte ich zu ihm und blickte mich suchend nach seinen möglichen Besitzern um.

Doch außer einer Frau und einem Mann im Rentneralter, die im gemächlichen Tempo an uns vorbeischlenderten, konnte ich niemanden sehen. Ich überlegte, was ich mit dem Hund machen sollte, der sich mittlerweile vor mir auf den Rücken gelegt hatte und sich am Bauch kraulen ließ. Ins Internat konnte ich ihn unmöglich mitnehmen und ein Tierheim gab es in St. Peter-Ording bestimmt auch nicht, wo ihn seine Besitzer hätten abholen können. Solche Einrichtungen fand man eher in größeren Orten.

»Am besten, ich nehme dich mit zum Reiterhof. Vielleicht kennt dich ja dort jemand?«, überlegte ich laut, aber meine Gedanken wurden durch ein rollendes Geräusch unterbrochen, das sich mir näherte.

»Hey, Kapitän, was machst du denn hier?«, erklang eine melodische und zugleich heisere Stimme.

Als ich aufblickte, sah ich direkt in ein Paar marineblauer Augen, die zu einem Typen mit wild nach oben gestylten blonden Haaren gehörte, die aussahen, als käme er geradewegs aus dem Bett. Er fuhr sich lachend mit einer Hand durch seine Frisur und verstrubbelte sie damit noch mehr, wenn das überhaupt noch ging. Der Junge stand auf einem Longboard, trug ein lässiges schwarzes Rockband-Shirt, lockere Jeans und bunte Armbänder um ein Handgelenk.

Mein Herzschlag beschleunigte sich. Sah der gut aus! Ich war unfähig, auch nur einen Ton zu sagen, stattdessen stolperten tausend Gedanken in meinem Kopf durcheinander.

»Also wirklich, du lässt auch keine Chance zum Flirten aus«, sagte der Typ belustigt und klopfte den Hund am Bauch. »Ich hoffe, Kapitän war nicht allzu aufdringlich. Wenn er jemanden mag, dann ist er einfach nicht zu bremsen. Und dich scheint er zu mögen.«

Ich schluckte und wandte meinen Blick von dem attraktiven Typen ab. »Nein, schon gut«, brachte ich mit Mühe und Not heraus. Der Blick seiner Augen, in denen ich am liebsten versunken wäre wie bei einem Tauchgang im Meer, hatte sich in meine Seele und mein Herz gebrannt. Ich fühlte mich, als hätte ich Watte im Kopf, völlig unfähig, einen klaren Gedanken zu fassen.

»Da bin ich ja beruhigt.« Er stieg von seinem Longboard und hockte sich ebenfalls neben Kapitän.

Ich hob meinen Kopf und er lächelte mich an. Ein wohliger Schauer lief von meinem Nacken aus über meinen Rücken.

»Wir müssen dann jetzt auch weiter«, sagte er.

Ich räusperte mich. »Natürlich. Dann auf Wiedersehen, Kapitän.« Ich hielt dem Hund meine Hand hin, woraufhin er mir bereitwillig die Pfote gab.

»Wow!« Der Junge schüttelte lachend den Kopf und erhob sich. »Kapitän mag zwar die meisten Leute, aber Pfote geben, das macht er äußerst selten. Du scheinst etwas Besonderes zu sein.«

Ich erhob mich ebenfalls und zuckte die Schultern. »Vielleicht spürt er, dass ich Hunde mag«, sagte ich betont leichthin, wobei ich angestrengt auf Kapitän blickte, um mir nicht anmerken zu lassen, dass mich die Worte seines Herrchens völlig aus dem Konzept brachten. Welches Mädchen hörte nicht gern, dass sie etwas Besonderes war?

»Bestimmt sogar.« Der Junge stieg wieder auf sein Longboard. »Auf geht's, alter Junge!«

»Auf Wiedersehen.« Ich streichelte dem Neufundländer zum Abschied über den Kopf.

»Ganz bestimmt sogar!«, sagte sein Besitzer. Unsere Blicke trafen sich und ich versank wieder in seinen Augen. »So groß ist St. Peter nämlich nicht. Da ist die Chance höher, sich wiederzusehen, als sich aus den Augen zu verlieren«, erklärte er mit einem breiten Grinsen und setzte dann seinen Weg auf dem Longboard und mit Kapitän im Schlepptau fort.

Ich blickte ihm nach und versuchte zu verstehen, was da gerade mit mir passiert war. Als die beiden aus meinem Blickfeld verschwunden waren, schüttelte ich den Kopf, um mich wieder zu sammeln, und lief auf dem Deich weiter, bis ich zu dem Weg kam, der zum Pferdehof führte. Dort angekommen, musste ich nicht lange nach Lea suchen. Ich entdeckte sie auf dem Reitplatz, auf dem Rücken eines Pferdes, das in einer kreisförmigen Bahn lief. Stehend!

Ich riss vor Schreck die Augen auf und hastete zu dem Platz.

»Was machst du denn da?! Bist du lebensmüde?!«, rief ich ihr zu.

»Hi, Emma!« Lea winkte mir lässig zu und strahlte über das ganze Gesicht. »Guck mal, was ich gerade gelernt habe: im Schritttempo auf einem Pferd zu stehen. Ist das nicht cool?!«

»Wenn das Mama wüsste …« Dann würde sie nicht nur Lea, sondern auch mir den Kopf abreißen, weil ich nicht in der Lage war, auf meine kleine Schwester aufzupassen.

Meine Schwester machte keine Anstalten, von dem Rücken des Tieres abzusteigen. »Das ist gar nicht gefährlich. Das ist megakrass!«

»Campino ist voll lieb. Da kann gar nichts passieren«, meldete sich ein Mädchen mit roten Haaren und wilden Sommersprossen im Gesicht zu Wort, das etwa im gleichen Alter wie meine Schwester sein musste und das ich vor lauter Sorge um Lea bisher gar nicht wahrgenommen hatte.

Sie grinste mich keck an und entblößte dabei eine Zahnlücke zwischen ihren oberen Schneidezähnen, wobei sie mich unweigerlich an Pipi Langstrumpf erinnerte. Es fehlte nur noch der Affe auf ihren Schultern. Sie hielt das Pferd an einer Longe fest und schaute mich erwartungsvoll an.

»Ihr seid doch hier nicht im Zirkus«, erwiderte ich und hörte mich in dem Moment ziemlich nach meiner Mutter an. Kurz verzog ich das Gesicht.

Doch meine Schwester störte das nicht im Geringsten. »Wir voltigieren. Das ist übrigens Klara«, verkündete sie selbstbewusst und setzte sich jetzt wenigstens auf den Rücken des Pferdes, wobei sie sich an einem Gurt festhielt, der kurz hinter dem Widerrist des Tieres auflag.

Ich atmete tief durch und beruhigte mich ein wenig. »Hi, Klara.« Lahm hob ich eine Hand. »Ich kriege einen Riesenärger, wenn du dir die Gräten bei Kunststücken auf Pferden brichst und deswegen ins Krankenhaus musst«, erklärte ich meiner Schwester.

»Das ist aber doch gar nicht gefährlich. Das sieht nur so aus. Im Schritttempo kann wirklich nichts passieren«, erklärte die kleine Pipi Langstrumpf erneut. »Außerdem ist mein Pferd lammfromm und hat noch niemanden abgeworfen.«

»Ja, schon gut. Ich möchte einfach nicht, dass ihr so was macht, wenn kein Erwachsener dabei ist, okay?«, lenkte ich ein. Ich kam mir in der Rolle der strengen großen Schwester irgendwie blöd vor. Anstandswauwau hin oder her, eine Spaßbremse wollte ich nicht sein.

»Ab Montag fangen ja die Kurse an und da bin ich in einer Voltigiergruppe. Mit einer Lehrerin. Ich wollte es bloß mal vorher ausprobieren«, erklärte Lea.

»Ja, ist schon okay. Solange eine Lehrerin dabei ist, kannst du dir natürlich gerne deine Knochen brechen.« Ich zwinkerte meiner Schwester zu.

Klara brachte ihr Pferd zurück in den Stall und Lea bestand darauf, mir die Internatsponys zu zeigen, was ziemlich lange dauerte. Vor allem ihr Pflegepony musste ich ausgiebig bewundern, das auf den abgedroschenen Namen Wendy hörte und für das sie in den kommenden Wochen verantwortlich war, was Putzen, Reiten und Stallausmisten bedeutete. Gefüttert wurden die Tiere allerdings vom Stallmeister höchstpersönlich, erklärte mir Lea. Dabei erfuhr ich auch, dass Klara ebenfalls für die Reiterferien angemeldet war. Das konnte was geben. Wer wusste schon, was den beiden noch für abenteuerliche Dinge einfielen.

Doch eigentlich war ich froh, dass Lea so schnell eine Pferdefreundin gefunden hatte. So musste ich meine freie Zeit wenigstens nicht mit meiner kleinen Schwester im Stall verbringen, sondern konnte auf ein Wiedersehen mit Kapitän und dem süßen Typen hoffen oder die Zeit am Meer verbringen, das ich heute aufgrund der Ponybegutachtung nicht mehr sah.

Am Sonntagmorgen war zunächst Friesennerz-Wetter. Es regnete dichte Bindfäden und der böige Nordseewind wehte die dicken Tropfen klatschend gegen die Fensterscheiben unseres Zimmers. Meiner Schwester war das Schmuddelwetter egal. Zusammen mit Klara war sie gleich nach dem Frühstück zum Pferdehof aufgebrochen, um Wendy und Campino zu versorgen und an einer Einstufungsstunde teilzunehmen, in der sie ihre Reitkünste präsentieren konnte. Für sie machte es keinen großen Unterschied, ob die Sonne schien oder es goss wie aus Kübeln. Bei schlechtem Wetter wurde der Reitunterricht kurzerhand in der Halle abgehalten statt auf dem Platz.

Ich hingegen saß im Deichhaus fest und verbrachte meine Zeit bis zum Mittagessen abwechselnd damit, in einem Buch zu lesen, das ich mir aus der Schulbibliothek des Internats ausgeliehen hatte, mit Pia zu schreiben und an den Jungen und seinen Hund zu denken. Nach dem Essen lockerte die Wolkendecke glücklicherweise auf und vereinzelte Sonnenstrahlen bahnten sich ihren Weg durch das Himmelgrau. Den restlichen Tag auf dem Zimmer zu vertrödeln, schied für mich definitiv aus. Das war mir viel zu langweilig. Also beschloss ich, auf eigene Faust St. Peter-Ording zu erkunden, zog mir eine Kaputzenjacke über und schlüpfte in meine Sneakers.

Im Foyer, auf dem Empfangstresen des Internats, lagen kopierte Ortspläne aus. Obwohl ich mit Straßenkarten auf dem Kriegsfuß stand, schnappte ich mir eine und verschaffte mir einen groben Überblick über die Lage der Schule. Der Handyempfang war in St. Peter-Ording so miserabel, dass mir das Navigationssystem nicht weiterhelfen konnte. Die Internatsgebäude waren auf der Karte mit Kreuzen markiert. Sie lagen im südlichen Teil von St. Peter-Ording.

»Kann ich dir helfen?«, fragte mich die Empfangsmitarbeiterin, die hinter dem Tresen vor einem Computer saß.

Ich blickte von dem Plan auf. »Oh ... ja, eigentlich schon. Ich wollte St. Peter-Ording etwas erkunden, aber ich weiß gar nicht, wo ich am besten hingehen soll. Wo sind denn die meisten Leute unterwegs?«

»Nun, das ist gar nicht so schwer.« Die blonde Frau, auf deren Namensschild *Bünting* stand, erhob sich von ihrem Stuhl und beugte sich mit dem Oberkörper zu mir über den Tresen. »Lass mal sehen ...« Frau Bünting griff nach einem gelben Stift und markierte einen Straßenverlauf. »Von der Pestalozzistraße geht es auf dem Heedweg weiter und dann biegst du links auf die Dorfstraße ab. Von da aus musst du dich eigentlich nur noch geradeaus halten, dann kommst du ganz automatisch ins Zentrum des Ortsteils Bad.«

»Hm«, machte ich wenig begeistert, weil ich mir gut vorstellen konnte, was ich in diesem Bad vorfinden würde. »Ich wollte eigentlich dahin, wo es nicht unbedingt Kliniken und alte Menschen gibt. Gibt es so einen Ort in St. Peter-Ording? Ich meine außer dem Internat und dem Reiterhof?«

Frau Bünting lachte auf. »Selbstverständlich gibt es das. Und da bist du im Ortsteil Bad genau richtig. Dort befinden sich nämlich die ganzen Cafés und Geschäfte. Das schöne Wetter ist zum Bummeln ideal. Vielleicht findest du ja ein paar Kleinigkeiten. Postkarten und Briefmarken bekommst du zum Beispiel in der Buchhandlung *Tewes*, schräg gegenüber von dem Restaurant *Die Insel.*«

»Danke für den Tipp.« Geschäfte und eine Buchhandlung hörten sich zumindest halbwegs interessant an. Vorausgesetzt, ich fand den Weg dorthin. »Dann schaue ich mal, wo die Buchhandlung ist, damit ich morgen gleich Postkarten besorgen kann.«

»Das kannst du auch heute machen.«

»Heute? Es ist doch Sonntag«, erinnerte ich Frau Bünting.

»Das macht nichts. Die Geschäfte in St. Peter-Ording haben auch sonntags bis zum frühen Abend geöffnet.«

»Ach so?«, sagte ich erstaunt. »In Köln haben die Läden sonntags geschlossen.«

»In Urlaubsorten wie St. Peter-Ording ist das anders geregelt. Ganz hinterm Mond leben wir nicht.« Sie zwinkerte mir zu. »Möchtest du dir vielleicht ein Fahrrad vom Internat ausleihen für deine Erkundungstour?«

Frau Büntings Angebot nahm ich dankend an und radelte kurze Zeit später die Pestalozzistraße in nördlicher Richtung entlang. Es stellte sich schon bald heraus, dass die Idee mit dem Fahrrad eine sehr gute war, denn bis zum Ortsteil Bad war es ein ganz schönes Stück. Auf meinem Weg dahin bog ich bloß drei Mal falsch ab, merkte dies aber für meine Verhältnisse ziemlich schnell. Ich fuhr an Kliniken, Restaurants, Hotels, vereinzelten Geschäften, einem Fahrradverleih und schönen Friesenhäusern vorbei, die zum Teil an Touristen vermietet wurden. Einige von ihnen hatten die für die Nordsee typischen, hübschen Reetdächer, die ihnen ein gemütliches Aussehen verliehen. In Köln kannte ich kein Haus, das ein Reetdach hatte.

Als ich im Ortsteil Bad ankam, machte ich mein Rad vor dem Kino *Nordlicht* an einem Fahrradständer fest. Hier waren viele Leute unterwegs, bemerkte ich erleichtert. Und nicht bloß alte Menschen. Familien mit kleinen Kindern, die Eimer mit Sandförmchen oder Winddrachen trugen, und auch Teenager in meinem Alter liefen am Kino vorbei. Viele hatten Caps auf und Sonnenbrillen auf ihren Nasen sitzen. Die meisten von ihnen waren vermutlich Touristen und kamen vom Strand.

Ich holte den Straßenplan aus meinem Rucksack hervor, auf dem Frau Bünting noch eingezeichnet hatte, wo sich die Buchhandlung befand. Auf der Höhe vom Restaurant *Die Insel* entdeckte ich schräg gegenüber die Buchhandlung *Tewes*. Ich schaute mir die ausgestellten Bücher in dem Schaufenster an und entdeckte darunter einen neuen Jugendroman von meiner Lieblingsautorin. In meinem Portemonnaie befanden sich etwas mehr als zwanzig Euro, was nicht nur für das Buch, sondern auch für Postkarten und Briefmarken ausreichen würde.

Eine gute Viertelstunde später trat ich wieder aus der Buchhandlung. In meiner rechten Hand hielt ich eine Tüte mit meinem neuen Buch, Postkarten und Briefmarken. Auf einen Bummel durch die anderen Geschäfte hatte ich keine Lust mehr, das konnte ich auch noch an einem anderen Tag machen. Ich wollte lieber zurück zum Internat und es mir draußen auf einer Bank gemütlich machen. Zu sehr war ich auf die Geschichte in dem Buch gespannt.

Auf dem Rückweg zu meinem Fahrrad sah ich mich

noch einmal um und stellte zufrieden fest, dass hier mehr los war, als ich vermutet hatte. Ich würde also nicht vor Langeweile und an Englisch-Overdose sterben.

Plötzlich wurde ich mit einem Ruck nach hinten gerissen und spürte eine Sekunde später den Fahrtwind eines vorbeibrausenden Autos, das mich fast erwischt hätte, weil ich nicht auf die Straße geachtet hatte. Vor Schreck ließ ich die Tüte fallen. Mein Herz raste und meine Knie fühlten sich wie aus Gummi an.

»Mensch, Mädchen! Das war knapp!«, hörte ich eine Stimme neben mir sagen. Ein Mann beugte sich vor und hob meine Tüte auf.

»Danke«, stammelte ich und griff danach.

»Bevor man über die Straße geht, muss man nach links und rechts gucken. Sonst wird man überfahren.« Der Mann schüttelte den Kopf. Er war schlank, hatte strohblondes Haar und war schätzungsweise im Alter meiner Eltern. »Gibt wohl nicht so viele Autos da, von wo du kommst.«

Ich presste die Tüte gegen meine Brust und spürte meinen rasenden Herzschlag. »Ich komme aus Köln«, brachte ich hervor.

Der Mann legte den Kopf schräg. »Da gibt es nicht so viele leere Straßen, oder?«

»Ja ... Danke, dass Sie mich gerettet haben. Ich habe das Auto wirklich nicht gesehen.«

»Da nicht für. Was hältst du von einer Kugel Eis bei *Janny's?«* Er zeigte auf die Eisdiele, die sich gleich neben der Buchhandlung befand. »Auf den Schreck, damit du wieder Farbe ins Gesicht bekommst. Gegen dich hat sogar Milch einen kräftigen Ton.«

Ich nahm die Einladung des Mannes dankend an. Normalerweise tat ich so was nicht, denn schließlich wusste man nie, was Fremde im Schilde führten. Doch er machte einen vertrauenswürdigen Eindruck und schien viele Leute hier zu kennen. Auch der Besitzer der Eisdiele begrüßte ihn herzlich, und nachdem er das Eis gekauft und mich nochmals augenzwinkernd ermahnt hatte, auf mögliche Autos zu achten, bevor ich eine Straße überquerte, verabschiedete er sich auch schon, weil er dringend etwas erledigen musste.

Nachdem ich das Eis aufgegessen hatte, machte ich mich auf den Weg zurück zum Kino, wo ich mein Rad abgestellt hatte. Bevor ich die Straße überquerte, schaute ich vorsichtshalber nach links und rechts. Ein zweites Mal würde mich wohl kaum jemand vor einem Auto retten.

Ich verstaute die Tüte mit meinen Einkäufen in meinem Rucksack, schwang mich auf das Fahrrad und machte mich auf den Rückweg zum Internat, das ich relativ zügig erreichte. Ich hatte mich nur einmal verfahren. Mit dem Buch machte ich es mir draußen auf einer Bank bequem und zog mich später, als es frischer wurde, zurück auf mein Zimmer, um dort weiterzulesen.

Doch mit Leas Rückkehr vom Reiterhof war es mit der Ruhe vorbei. Mit halbem Ohr lauschte ich ihrem Bericht über den heutigen Tag und dass sie zusammen mit Klara in die fortgeschrittene Abteilung eingeteilt worden war. Von meinem Fast-Autounfall erzählte ich ihr nichts, es war schließlich nichts passiert. Und in Gedanken war ich sowieso ganz woanders.

Mir graute es vor dem nächsten Morgen. An Schlafen

war nicht zu denken. Vor mir lag Tag eins vom Englishcamp mit Mister John Walsh. Dachte ich an seine Ankündigungen, zog sich mir der Magen zusammen. Auch wenn Pia meinte, dass es schon nicht so schlimm werden würde, wie ich befürchtete, bereute ich zum wiederholten Mal, dass ich mich im Englischunterricht so wenig beteiligt hatte und mir dadurch eigenhändig meine persönliche Grube gegraben hatte, in der ich nun hockte und aus der ich nicht mehr herauskam.

Ich hatte die ganze Nacht kein Auge zugetan und stellte den Wecker eine Minute, bevor der Alarm losgegangen wäre, aus. Das passierte mir sonst nur in den Nächten vor dem ersten Schultag, nach den Ferien. Ich weckte meine Schwester und verschwand mit Waschzeug und frischen Klamotten unter die Dusche. Eine halbe Stunde später betraten Lea und ich den Speisesaal des Internats. Es roch nach gebackenem Brot, Rührei mit Speck und frisch aufgebrühtem Pfefferminztee.

»Da vorne ist Klara.« Lea winkte dem rothaarigen Mädchen zu, das in kompletter Reitermontur ihr Frühstück an einem langen Tisch aß. »Können wir uns zu ihr setzen?«

»Na klar.«

Lea schnappte sich einen Teller und machte sich sogleich über das reichhaltige Frühstücksbüfett her, das keine Wünsche offenließ. Neben Cornflakes, verschiedenen Brötchensorten, Käse- und Wurstplatten, Marmeladen, Honig, Schokocreme, Tee und Kakao gab es sogar Bircher-Müsli, glutenfreies Brot und laktosefreie Milch.

»Willst du auch ein gekochtes Ei?«, fragte Lea, auf deren Teller sich das Frühstück bereits stapelte, während ich noch nicht einmal nach einem Teller gegriffen hatte.

»Gerne«, antwortete ich, obwohl es in meinem Magen rumorte und ich nicht wusste, ob ich überhaupt einen Bissen herunterbekommen würde.

Während Klara und Lea am Tisch gleich in ein Gespräch über Pferde verfielen, blendete ich meine Umgebung aus und konzentrierte mich allein darauf, das Frühstücksei und eine Tasse Kakao runterzubekommen. Ich war so konzentriert darauf, dass ich meine Angst vor dem Unterricht für einen kurzen Moment ausblenden konnte.

Um kurz vor halb neun zogen meine Schwester und ihre Freundin fröhlich zusammen zum Pferdehof. Ich schulterte meinen Rucksack und machte mich notgedrungen auf den Weg zum Lernraum im Sonnenhaus.

Als ich in den Unterrichtsraum kam, waren bereits fast alle Plätze belegt. Ich schien die Letzte im Bunde zu sein. Mein Blick schweifte durch den Raum. Bis auf einen Platz ganz vorne vor dem Lehrertisch und zwei freie Plätze in der hinteren rechten Bank war kein Stuhl mehr frei. Das kam mir sehr gelegen. So lag ich wenigstens nicht auf dem Präsentierteller und mit etwas Glück würde mich Mister Walsh das ein oder andere Mal übersehen.

Ich rutschte auf den Stuhl am Fenster und platzierte meinen Rucksack auf dem Sitzplatz neben mir, zog einen Stift und einen Collegeblock hervor und lehnte mich dann auf dem Stuhl zurück. Von mir aus konnte das Drillcamp nun beginnen, ich war bereit und gewappnet, es durchzustehen, dachte ich kämpferisch. Egal, was Mister Walsh noch für expectations haben würde, ich würde …

»Moin! Ist hier noch frei?«, unterbrach eine Stimme meine Gedanken. Ich drehte den Kopf erschrocken nach rechts und blickte in ein Paar grüne Augen, die zu einem braun gebrannten Mädchen gehörten, das lange, von der Sonne ausgeblichene Haare hatte und ungefähr in meinem Alter sein musste. Sie sah aus wie eines dieser typischen Surfermädchen. Um ihren Hals baumelte eine Kette mit einem Muschelanhänger. Sie trug abgeschnittene Jeans und unter ihrem grünen T-Shirt ein blaues Bikini-Oberteil, das sie im Nacken zusammengebunden hatte.

Ich schüttelte den Kopf. »Äh ... na klar, sorry!« Schnell nahm ich den Rucksack vom Stuhl.

»Tut mir leid, wenn ich dich erschreckt habe«, sagte das Mädchen und setzte sich neben mich.

»Ja, ich war etwas in Gedanken«, gab ich zu. »Ich habe nicht damit gerechnet, dass noch jemand kommt, weil sich das hier ja keiner freiwillig antun würde.«

»Rike.« Sie hielt mir die Hand hin und lächelte mich freundlich an. »Und nicht freiwillig hier.«

»Emma«, antwortete ich und griff nach ihrer Hand. »Ebenfalls nicht freiwillig hier.«

»Schön, dich kennenzulernen.« Rike lächelte und packte ihre Schreibsachen auf den Tisch.

»Ich habe dich hier noch gar nicht gesehen. Warst du Freitag auch bei dem ersten Treffen oder bist du erst kürzlich angekommen?«

»Weder noch. Ich wohne in St. Peter und gehe im Nordsee-Internat als Externe zur Schule. Deswegen konnte ich mir das Kennenlern-Meeting sparen. Mister John Walsh und seine expectations sind mir nämlich bestens bekannt.« Sie rollte dramatisch mit den Augen. »Er ist am Nordsee-Internat auch als John the Ripper bekannt und bisher konnte ich mich vor seinem Unterricht erfolgreich drücken, weil ich immer andere Englischlehrer hatte.«

»Oha!« Ich musste lachen. Rikes Humor gefiel mir. Endlich ein Mädel, das auf meiner Wellenlänge lag! »Aber zusammen werden wir das schon durchstehen.«

»Definitiv! Wie heißt es so schön? Geteiltes Leid ist halbes Leid«, stimmte sie mir zu. »Und da fange ich gleich mal mit dem Teilen an. Willst du? Selbst gebacken.« Sie hielt mir eine Plastikdose mit Marmorkuchen entgegen.

»Da sage ich nicht nein.«

Als Mister Walsh in den Unterrichtsraum kam, umspielte ein leichtes Lächeln meinen Mund. In mir keimte die Hoffnung auf, dass meine Zeit in St. Peter-Ording vielleicht doch nicht zum absoluten Horrortrip werden würde. Rike war super und gemeinsam würden wir das Englischcamp vielleicht tatsächlich überleben.

5

Zu Beginn der ersten Englischstunde hatte Mister Walsh sofort einen Überraschungsangriff auf uns vor. Er ließ einen zweistündigen Einstufungstest des Sprachlevels schreiben, um uns anhand der Ergebnisse in kleine Lerngruppen einteilen zu können.

»I expect from all of you that you will give your best«, instruierte er uns, bevor er den sechsseitigen Leistungscheck austeilte.

Der Test hatte es ziemlich in sich und mir rauchte schon nach einer halben Stunde gehörig der Kopf. Es kamen nicht nur Vokabeln vor, die ich noch nie in meinem Leben gehört hatte, sondern es wurde auch die gesamte englische Grammatik querbeet abgeprüft und als krönenden Abschluss gab es noch eine umfangreiche Textarbeit.

Die Teilnehmer, die vor den anberaumten zwei Stunden fertig waren, konnten ihre Tests abgeben und danach den Raum verlassen. Ich war nach ungefähr der Hälfte der Zeit fertig. Wobei fertig nicht ganz stimmte. Ich kam einfach an vielen Stellen nicht weiter, besonders bei den Fragen zum Text. Eine weitere Stunde zermarterte ich mir das Hirn, jedoch ohne großen Erfolg. Und so zierten etliche unausgefüllte Felder meinen Test, als ihn Mister Walsh nach der zweiten Stunde einsammelte. Bei Rike schien es besser gelaufen zu sein. Sie hatte schon nach eineinhalb Stunden abgegeben. Ich packte meine Sachen in den Rucksack und verließ den Unterrichtsraum.

»Bei dir scheint es ja richtig gut gelaufen zu sein!«, rief ich Rike zu, die draußen auf einer Tischtennisplatte saß und die Sonnenstrahlen genoss.

»Von wegen gut! Mein Test sieht aus wie ein Schweizer Käse, so viele Lücken konnte ich nicht ausfüllen«, erwiderte Rike grinsend und fügte unbekümmert hinzu: »Ich muss ja nicht umsonst nach den Ferien in die Nachprüfung in Englisch.«

Ich musste nun auch grinsen. »Da haben wir sogar zwei Dinge gemeinsam. Die Lücken in Englisch und die Nachprüfung.«

»Aber du bist ehrgeiziger als ich«, warf sie ein. »Du hast nicht abgegeben, sondern bis zum Ende durchgezogen. Ich hatte dazu mal wieder keine Lust.«

Ich zuckte mit den Schultern. »Viel hat es mir aber nicht gebracht. Ich hätte auch mit dir zusammen abgeben können und das Ergebnis wäre nicht anders gewesen.«

»Dann haben wir ja noch etwas gemeinsam.«

»Was denn?«

»Na, die englische Ratlosigkeit.« Rike lachte und fuhr sich mit der Hand durch ihre langen blonden Haare.

»Stimmt!«

Rike griff in ihre Tasche und beförderte zwei Schokoriegel zutage. »Auch einen?«

»Gern, danke. Und du kommst wirklich aus St. Peter-Ording?«, fragte ich und riss das Papier auf, in dem der Riegel eingewickelt war.

»Jap. Und du?« Rike biss ein Stück Schokolade ab.

»Aus Köln«, sagte ich ein bisschen stolz. Ich war dort geboren und konnte mir nicht vorstellen, woanders zu leben. Für mich war Köln der Mittelpunkt der Erde.

»Ziemlich viel los da, was?«

»Auf jeden Fall mehr als hier«, stellte ich fest. »In St. Peter-Ording scheint es eher ruhig zu sein.«

»Du meinst langweilig?«, fragte sie direkt nach.

»Na ja, auf Sylt ist es wahrscheinlich spannender als hier.«

Rike legte den Kopf schräg. »Was hast du denn bisher von St. Peter-Ording gesehen?«

Ich überlegte kurz. »Das Internat, den Deich und den Reiterhof. Und gestern die Buchhandlung«, zählte ich auf.

»Mehr nicht?«

»Nö.«

»Dann wird es Zeit, dass wir das ändern«, beschloss Rike. »Aber zuerst müssen wir noch zwei Stunden bei Johnny-Boy überstehen.«

Nach dem Unterricht zog mich Rike im Flur zur Seite. »Wie sieht's aus, hast du Lust auf ein bisschen St.-Peter-Ording-Sightseeing? Ich werde dir schon zeigen, dass St. Peter es locker mit Sylt aufnehmen kann.«

»Jetzt gleich?«

»Am besten nach dem Mittagessen. Dann müssen wir nicht mit knurrenden Bäuchen los.«

»Super! Da bin ich dabei«, stimmte ich freudig zu. Ich hatte immer noch die Hoffnung, dass St. Peter-Ording doch spannender war, als ich erwartet hatte. Und mit Rike an meiner Seite als Fremdenführer konnte es garantiert nur interessant werden. Wie schön, dass ich gleich am ersten Tag des Englischcamps Rike getroffen hatte. Was Besseres hätte mir nicht passieren können. Insgeheim hatte ich darauf gehofft, dass mir so ein nettes Mädchen in St. Peter-Ording begegnen würde. Aber ernsthaft dran geglaubt hatte ich nicht.

»Kannst du dir vom Internat ein Fahrrad leihen?«, fragte sie.

»Kann ich machen«, bestätigte ich.

»Dann um zwei Uhr vor dem Internat? Mit Fahrrädern?«

»Abgemacht!« Ich strahlte sie an. Zwar wusste ich nicht, was mich auf der Enteckungstour erwartete, doch es lag etwas in der Luft, das nicht nur nach Meer roch, sondern auch nach einer neuen Freundschaft und nach aufregenden Erlebnissen, die nichts mit dem Englischcamp zu tun hatten und mir vielleicht doch noch einen unvergesslichen Sommer bescheren würden.

Fast pünktlich, um zehn nach zwei, schob ich mein geliehenes Mountainbike um die Ecke. Rike wartete bereits auf ihrem Rad vor dem Internatseingang.

»Na, bist du startklar?«, begrüßte sie mich.

»Absolut. Sorry, dass ich nicht ganz pünktlich bin.«

»Macht nichts. Folge mir unauffällig.« Rike radelte los und ich hinter ihr her. »Wir fahren erst mal eine Weile die Straße entlang!«, rief sie mir über die Schulter zu.

»Okidoki.« Hinter jemanden herfahren konnte ich problemlos. So musste ich wenigstens nicht darauf achten, mich nicht zu verfahren.

Beim Radfahren pfiff mir der Wind um die Ohren. Es war windiger als am Tag zuvor, aber es machte mir tierischen Spaß, in die Pedalen zu treten. Im Gegensatz zu Köln konnte man in St. Peter-Ording geradezu sorglos auf dem Drahtesel unterwegs sein. Es war so wenig los auf der Straße, dass ich mich an diesen Umstand erst einmal gewöhnen musste.

Nach einer Weile gab Rike ein Handzeichen und bog links ab. Ich folgte ihr. Wir fuhren eine kleinere Straße entlang, in der es ausnahmslos mit Reet gedeckte Häuser gab, zu denen hübsche Vorgärten gehörten, die durch weiße Holzzäune begrenzt wurden. In einigen Gärten entdeckte ich Strandkörbe.

»Hier können wir unsere Räder anketten.« Rike bremste und deutete auf einen Fahrradständer. »Dann kann es jetzt losgehen«, sagte sie, nachdem die Räder gesichert waren.

Rike lief vor und ich folgte ihr auf dem Fuß. Es ging zunächst über einen sandigen Weg, der uns in eine hügelige Gegend führte. »Ganz schön bergig hier für einen Ort an der Nordsee. Sieht eher nach der Eifel aus.«

Rike schmunzelte. »Dann warte mal ab, bis wir deine sogenannte Eifel hinter uns gelassen haben.«

Wir liefen weiter und dabei erzählte ich Rike, was ich eigentlich für die Sommerferien geplant hatte und wie meine und Pias Italienpläne von jetzt auf gleich wie eine Seifenblase zerplatzt waren.

»Nach Italien wollte ich auch schon immer mal fahren«, sagte Rike daraufhin.

»Warum hast du es bis jetzt nicht getan?«, wollte ich wissen.

Rike zuckte mit den Schultern. »Ach, weißt du, wenn man das Meer eh jeden Tag vor der eigenen Haustür hat, ist die Sehnsucht danach wahrscheinlich nicht groß genug. Dann verschiebt man gerne seine Pläne.«

»Wenn man am Rhein wohnt, ist das anders«, meinte ich.

Rike lächelte mich an. »Scheint so.«

Wir gingen schweigend nebeneinanderher und ich dachte darüber nach, wie es wohl wäre, wenn ich an der Nordsee leben würde. Ob ich dann trotzdem das Mittelmeer sehen wollen würde. Doch sosehr ich mich auch bemühte, ich konnte es mir irgendwie nicht vorstellen, woanders als in Köln zu leben.

»Das gibt es doch nicht!«, rief ich wenige Minuten später, als wir nach einem Spaziergang durch die Dünenlandschaft endlich am Strand von St. Peter-Ording angekommen waren. Ich traute meinen Augen nicht. Vor mir erstreckte sich eine schier endlose Weite wie aus einem Reiseprospekt.

»Na, habe ich dir zu viel versprochen?«

»Das ist ja der Hammer«, sagte ich baff und blickte mich mit großen Augen um.

»Das sind über zwölf Kilometer Länge und bis zu zwei Kilometer Breite feinster Sandstrand. Da kann Sylt nicht mithalten. Das gibt es nur in St. Peter-Ording«, sagte Rike, die offensichtlich ihre Freude an meiner Sprachlosigkeit hatte.

»Das ist … das ist einfach nur wow!« Ich konnte mich an dem Strand gar nicht sattsehen. »Aber wo ist eigentlich das Meer?«

»Dahinten.« Rike deutete in Richtung Westen. »Sind noch ein paar Meter bis zur Waterkant.«

»Waterkant?«

»Ach so, sorry.« Rike lachte auf. »Waterkant heißt Wasserkante. Also da, wo das Meer beginnt«, erklärte sie.

»Dann lass uns die paar Meter mal gehen.« Ich atmete die salzige Luft tief ein, während wir zum Meer liefen, und ließ mir die frische Nordseeluft um die Nase wehen, bis ich ganz beduselt davon war. Herrlich!

»Ich glaube, ich habe einen Sauerstoffkoller!«, rief ich Rike zu und lachte albern.

»Sauerstoff gibt es hier jede Menge. Mehr als in Köln«, feixte Rike.

»Auf jeden Fall.«

Je näher wir dem Meer kamen, umso mehr Wasserläufe mussten wir umlaufen. Rike und ich zogen schließlich unsere Schuhe aus und gingen barfuß weiter. Möwen flogen kreischend durch die Lüfte und in der Ferne flatterten bunte Drachen im Nordseewind. Und irgendwann standen wir am Meer, das sich bis zum Horizont ausbreitete.

Das Salzwasser umspülte kühl meine Füße und der Wind wirbelte mein Haar durcheinander. In der Ferne zog ein Kutter an uns vorbei und schaute ich nach rechts, konnte ich Windsurfer sehen, die mit ihren Boards über die Wellen hüpften.

Ich fragte mich, ob es am Strand von Rimini wohl auch so schön war wie hier. Auf jeden Fall war es dort voller.

Nein, wahrscheinlich konnten weder die Strände von Rimini noch die von Sylt mit diesem Naturwunder mithalten.

Wir wateten durch das niedrige Wasser.

»Oh, da ist etwas unter meinen Füßen.« Ich blieb stehen und griff unter Wasser an die Stelle, an der ich etwas an meiner Fußsohle spürte. »Eine Muschel.« Ich zeigte Rike meinen Fund.

»Muscheln gibt es hier wie Sand am Meer. Komm mit, da drüben sind noch viel mehr davon.« Sie deutete vom Wasser weg, auf den Strand.

»Prima! Dann kann ich gleich welche sammeln und in Köln mein Zimmer damit dekorieren.« Ich lief durch den feuchten Sand und bückte mich immer wieder an verschiedenen Stellen, um die kalkigen Schalen aufzuheben.

Auf einmal hörte ich ein zischendes Geräusch, das ich noch nie zuvor gehört hatte und nicht zuordnen konnte. Und dann schrie Rike auch schon: »Emma! Vorsicht!«

Ich drehte mich um und sah dieses Geschoss, das auf mich zuraste. In letzter Sekunde sprang ich zur Seite, bevor es mich erfassen konnte. Dabei knickte mein Fuß um, wodurch ich das Gleichgewicht verlor und auf dem harten Sand aufschlug. »Aua!«

Geschockt blickte ich in die Richtung, in die das Gefährt mit dem Segel davongebraust war, und begriff erst langsam, was eigentlich geschehen war.

»Emma! Bist du okay?« Rike stürzte auf mich zu. »Hast du dir wehgetan?

»Ich bin umgeknickt. Mein Fuß tut total weh.« Ich rieb über die schmerzende Stelle.

»Meinst du, du kannst aufstehen, wenn ich dir helfe?«

»Bestimmt.« Rike half mir auf die Beine und stützte mich. »Ich war von dem Naturschauspiel so fasziniert, dass ich überhaupt nicht mitbekommen habe, wie sich dieser ... dieser Wagen genähert hat.«

»Das war ein Strandsegler«, klärte Rike mich auf. »Ziemlich gefährliche Sache, hätte böse ausgehen können. Du bist in allerletzter Sekunde zur Seite gesprungen und hast so einen Zusammenstoß verhindert.«

»Noch nicht mal entschuldigt hat der Fahrer sich. Er ist einfach weitergedüst, als wäre nichts geschehen«, sagte ich entsetzt. »Ich kann es echt nicht fassen, wie jemand so rücksichtslos sein kann. Was für ein Rüpel!«

»Keine Sorge. Den werde ich mir noch vorknöpfen. Da kannst du dich drauf verlassen«, sagte Rike wütend in die Richtung, in die der Strandsegler gefahren war.

»Meinst du denn, dass du rausbekommen kannst, wer das gewesen ist?«, fragte ich skeptisch. »Hier fahren doch bestimmt jede Menge Leute mit diesen Strandseglern rum.«

»Och, das muss ich nicht mehr rauskriegen. Ich weiß es schon. Bin schließlich selbst Strandseglerin und kenne die Leute aus dem Club und Jannis erkenne ich sofort.«

»Und du bist sicher, dass er es war?«, fragte ich überrascht.

»Klar bin ich das. Unser erfolgreicher Nachwuchssportler ist ein kleiner Star in St. Peter-Ording, musst du wissen. Aber nur weil er über eine gewisse Bekanntheit verfügt, heißt das noch lange nicht, dass er Narrenfreiheit genießt und einfach hemmungslos mit seinem Segelwagen über den Strand brettern und dabei Leute umnieten kann. Dafür gibt es nämlich Regeln, die auch für Jannis gelten. Ist wohl mal wieder an der Zeit, dass ich ein ernstes Wörtchen mit ihm rede. Das braucht er ab und an mal.«

»Scheint so«, stimmte ich ihr zu.

»Sag mir lieber, ob du es bis zu den Rädern schaffst.«

»Mit deiner Hilfe wird das schon gehen«, sagte ich tapfer und biss die Zähne zusammen, während ich im Schneckentempo über den Strand humpelte, wobei jeder Schritt schmerzte, als schnitte ein Messer in meinen Fuß.

Rike brachte mich mit dem Rad zu einem Arzt, der aber nichts Schlimmes feststellte. Zum Glück war es keine Verstauchung des Knöchels, die mich für einige Zeit ausgeknockt hätte. Dann hätte wirklich nur noch Englischpauken auf der Tagesordnung gestanden, weil ich nicht weiter als bis zum Sonnenhaus gekommen wäre. Trotzdem war ich sauer auf diesen Jannis. Es hätte schließlich auch anders ausgehen können und außerdem hatte er mir meine Erkundungstour mit Rike vermasselt. Hoffentlich sagte sie ihm gehörig die Meinung, wenn sie ihn traf. So ein Idiot!

6

»Und mir sagt sie, ich soll mir nicht die Knochen brechen«, meinte meine Schwester am nächsten Morgen beim Frühstück zu Klara. Dabei guckte sie vorwurfsvoll auf meinen Fuß, den ich auf einem anderen Stuhl hochgelegt hatte und kühlte. Sie schüttelte den Kopf. »Emma braucht noch nicht mal ein Pferd, um beim Arzt zu landen. Da reicht es schon aus, wenn sie nur am Strand spazieren geht.«

»Hallo?« Ich winkte mit einer Hand vor Leas Gesicht. »Du redest über mich und ich sitze direkt neben dir?! Außerdem ist nichts Schlimmes passiert. Mein Fuß ist noch nicht einmal verstaucht.«

»Das wäre dir auf Campinos Rücken nicht passiert. Er hätte dich nämlich rechtzeitig aus der Schusslinie gebracht«, gab Klara nun auch ihren Senf dazu.

Ich verdrehte die Augen. Die beiden Pferdeexpertinnen gingen mir mit ihren altklugen Sprüchen gehörig auf den Sender. »Schon gut, ihr zwei Nervensägen. Es ist nix Wildes. Okay?!«

Ich war heilfroh, als die zwei Mädels sich wieder ihrem Lieblingsthema widmeten und darüber diskutierten, welches Pony auf welchem Handyfoto am süßesten guckte. Ich war schon genervt genug, wenn ich an diesen Jannis dachte. Auch wenn ich ihn nicht kannte, ärgerte ich mich maßlos über ihn. Insgeheim wünschte ich mir, dass er Rike und mir demnächst über den Weg lief. Dann würde ich ihm gehörig die Meinung geigen, bis ihm Hören und Sehen verging!

Nach dem Frühstück schulterte ich den Rucksack mit meinen Englischsachen und humpelte in meinen Flamingo-Flip-Flops – die ich zum Trost von Pia bekommen hatte, nachdem unser Italienurlaub geplatzt war – über den Hof. Rike und ich hatten uns vor dem Unterricht an der Tischtennisplatte vor dem Sonnenhaus verabredet. Sie wartete schon auf mich. Ich musste grinsen. In dieser Beziehung war sie Pia sehr ähnlich – immer überpünktlich und ich hatte keine Chance, mal vor ihr an einem Treffpunkt zu sein.

»Na, du Humpelfuß«, empfing sie mich gut gelaunt. »Wie geht es dir?«

Ich verzog den Mund. »Geht so.«

»Tut es denn noch sehr weh?«

»Ach, geht schon. Muss den Fuß nach dem Unterricht wieder kühlen, dann ist der Spuk in ein paar Tagen vorbei«, sagte ich abwinkend. »Ist nur nervig, die Humpelei.«

»Gib mir mal deinen Rucksack. Dann geht es leichter für dich mit den Treppen.«

»Danke.«

Rike nahm mir den Rucksack ab und wir gingen hoch in den ersten Stock zum Lernraum.

»Hast du eigentlich diesen Jannis schon getroffen und ihn zusammengestaucht?«, wollte ich wissen.

»Nee. Hat sich leider bisher noch keine Gelegenheit ergeben. Aber die wird kommen. Früher oder später. Das verspreche ich dir! In St. Peter-Ording läuft man sich immer über den Weg – ob man will oder nicht.«

»Den Spruch habe ich schon mal gehört«, sagte ich lachend und musste dabei an den süßen Typen mit seinem Hund denken.

Ich ließ mich auf den Fensterplatz in der hinteren Reihe im Lernraum nieder. Wir waren mal wieder die Letzten der Gruppe. Die anderen Teilnehmer saßen schon auf ihren Plätzen und unterhielten sich. »Da wäre ich liebend gerne dabei, wenn er dir über den Weg läuft«, fügte ich hinzu.

»Das kann ich mir vorstellen. Und vielleicht bist du es ja auch.« Rike lachte und packte Stifte und Blätter auf den Tisch.

Pünktlich auf die Minute kam Mister Walsh durch die Tür. Schien eine weit verbreitete Lehrerkrankheit zu sein, diese Pünktlichkeit. Unsere Tests hatte er sich unter den Arm geklemmt.

»Oh je, gleich erfahren wir, wie wir in dem Einstufungstest abgeschnitten haben.«

»Ich hab bestimmt eine Vier oder Fünf«, raunte ich ihr zu.

»Das ist gut.«

»Was soll denn daran gut sein?«, wunderte ich mich.

»Dann kommen wir auf jeden Fall in die gleiche Lerngruppe. Besser werde ich nämlich auch nicht abgeschnitten haben.«

»Ach so! Da hast du natürlich recht.«

Die Gespräche verstummten. Mister Walsh begrüßte uns und ließ sich danach in einem langen englischen Monolog über unsere katastrophalen Testergebnisse aus. Bis dato hatte ich nicht gewusst, dass es so viele verschiedene englische Wörter gab, die alle ungefähr das Gleiche bedeuteten, nämlich schlecht, mangelhaft, ungut, unzureichend, ungenügend oder übel. Fast war ich darüber etwas erleichtert, dass nicht nur meine Leistungen im unterirdischen Bereich lagen.

»Since some of you are not even able to build a correct grammatical sentence, I'll have to go back to basics. There will be a lot of homework for you to do during the next three weeks. And I expect ...« Weiter kam John the Ripper nicht, denn in diesem Moment flog die Tür auf und ein großer, sportlicher Typ stürmte wie ein Tsunami in den Unterrichtsraum, dem ich nur einen kurzen Blick zuwarf, ehe ich gespannt zu Mister Walsh schaute, der garantiert nicht amused sein würde über die Störung.

»Aha, also doch früher als später«, sagte Rike und schaute zu ihm rüber.

Bevor ich Rike fragen konnte, was sie damit meinte, erklärte der Typ mit einer Stimme, die mir nur zu bekannt vorkam: »Moin! Sorry for being late, Mister Walsh. My alarm clock is broken.«

Das gab es doch gar nicht! Ich guckte genauer hin, um eine Verwechslung auszuschließen. Aber tatsächlich: Es war der süße Longboard-Typ vom Deich. Er kaute auf einem Kaugummi herum und lächelte den Lehrer unschuldig an. Ich merkte, dass ich ihn anstarrte, konnte mich aber nicht dazu zwingen wegzuschauen.

»So your alarm clock broke *yesterday*. I didn't expect anything else. Take a seat«, forderte Mister Walsh ihn auf und deutete auf den freien Platz in der ersten Reihe, vor seinem Tisch.

Der Junge nickte knapp und quetschte sich dann durch den vorderen engen Gang. Ich folgte ihm mit meinem Blick und fühlte mich von seiner gelassenen Art irgendwie angezogen. Geräuschvoll ließ er sich auf den freien Stuhl fallen.

Als ich merkte, dass Rike mich komisch von der Seite ansah, schüttelte ich missbilligend den Kopf und tat so, als fände ich die Unpünktlichkeit des Typen unter aller Kanone.

»Typisch«, schnaubte Rike und verzog, mir beipflichtend, das Gesicht.

Sie hat es nicht bemerkt, dachte ich erleichtert und zwang mich, nicht öfter als nötig in die Richtung des blonden Jungen zu schauen, der mich anscheinend noch nicht gesehen hatte und hinter einer vorgehaltenen Hand versuchte, sein Gähnen zu verbergen. Stattdessen versuchte ich, mich auf den Englischunterricht zu konzentrieren – was mir nicht wirklich gelang. Immer wieder schaute ich unauffällig aus den Augenwinkeln zu ihm hinüber.

Nachdem Mister Walsh mit uns jede einzelne Übung des Einstufungstests durchgesprochen hatte, gab er ihn an uns zurück und wir durften Pause machen – das heißt alle, bis auf den blonden Jungen. Er musste im Klassenraum bleiben. Rike und ich setzten uns draußen auf die Tischtennisplatte, um unsere Testergebnisse zu vergleichen.

»Wie viele Punkte hast du bei der Nummer sechs?«

»Drei von fünfzehn«, sagte ich. »Und wie viele hast du bei dem Grammatikteil auf der dritten Seite?« Dabei wollte ich sie viel lieber fragen, wer denn dieser Typ eigentlich war, der gerade eine Unterredung mit John the Ripper führte. Ihr Kommentar zu seiner Verspätung hatte ganz danach geklungen, als würde sie ihn kennen.

Rike kratzte sich am Kopf. »Da wusste ich gar nichts. Und du?«

»Zwei Punkte. Auch nicht viel mehr als du. Der Test war wirklich extrem schwer. Komplizierter als an meiner Schule.« Ich rutschte von der Tischtennisplatte herunter und vergaß dabei meine Verletzung. Sogleich spürte ich einen kurzen Schmerz, der in mein Bein schoss. »Aaah!«

»Dein Knöchel?«

»Hm«, erwiderte ich. »Ich vergesse das immer, und wenn ich könnte, dann würde ich diesem Strandsegel-Heini echt was erzählen.«

»Tja, dann scheint heute ja dein Glückstag zu sein.«

»Ach ja?«

»Du kannst dir diesen Strandsegel-Heini gleich persönlich vorknöpfen.«

»Wieso? Kommt er etwa hierher?«

»Jap. Genau in diesem Augenblick kommt er aus dem Sonnenhaus.«

Ich drehte mich zum Eingang des Gebäudes. Der blonde Typ trat gerade heraus und mein Herz legte sofort ungewollt einen Zahn zu. »Wo ist dieser Strandsegel-Heini denn?«, fragte ich.

Rike machte eine Kopfbewegung in die Richtung des

Jungen, der direkt auf uns zukam. »Na da. Bloß ein paar Meter von dir entfernt. Der Zuspätkommer. Das ist Jannis.«

Mir klappte vor Erstaunen die Kinnlade runter. Das war Jannis?

»Ach so«, erwiderte ich lahm.

Wie sollte ich mich ihm gegenüber jetzt verhalten? Eigentlich müsste ich ihm gehörig die Meinung geigen, wegen des Vorfalls am Strand, aber ich konnte unsere erste Begegnung auf dem Deich nicht einfach vergessen. Da war er doch so nett gewesen. Das warf meine Pläne komplett über den Haufen. Ich war verwirrt und wusste nicht mehr, was richtig und was falsch war.

»Moin!« Jannis umarmte Rike und hob sie dabei von der Tischtennisplatte, was einen sehr vertrauten Eindruck auf mich machte. Die beiden schienen sich richtig gut zu kennen und auch zu mögen.

»Ist ja ein Wunder, dass du es überhaupt noch zum Englischcamp geschafft hast«, neckte Rike ihn. »Gestern stand der Wind wohl zu gut.«

»Du sagst es. Bestes Strandsegelwetter. Das konnte ich nicht sausen lassen und mich dafür von John the Ripper zutexten lassen. Gestern bin ich fast in Lichtgeschwindigkeit über den Strand gedüst.«

»Das habe ich gesehen. Und auch, wie du dabei beinahe jemanden über den Haufen gefahren hast.«

»Wer soll das denn gewesen sein? Ich habe noch nie jemanden umgefahren«, tat er ahnungslos.

»Emma.« Rike zeigte auf mich. »Sie hat sich gerade noch mit einem Hechtsprung retten können und sich dabei am Knöchel wehgetan.«

Der Typ sah mich erstaunt an, als hätte er mich vorher gar nicht registriert. »Wir kennen uns doch.«

»Ja, vom Deich«, sagte ich nur, weil ich meiner Stimme nicht traute.

Sein Blick glitt runter zu meinem lädierten Fuß, dann wieder hoch zu meinem Gesicht. Er zog seine Mundwinkel hoch und blickte mich ertappt an. »Oje. Das tut mir echt total leid! Kapitän reißt mir den Kopf ab, wenn er davon erfährt.«

»Ihr kennt euch also?«, fragte Rike.

»Wir haben uns auf dem Deich getroffen, als ich mit Kapitän unterwegs war«, erklärte Jannis.

Ich nickte nur zur Bestätigung und versuchte für einen kurzen Moment zu verdrängen, was allein seine Gegenwart in mir auslöste. »Das hätte echt böse enden können. Wenn Rike mich nicht rechtzeitig gewarnt hätte, dann würde ich bestimmt im Krankenhaus liegen und Kapitän hätte allen Grund dazu gehabt, dir den Kopf abzureißen«, sagte ich, was jedoch recht milde ausfiel, wenn man bedachte, dass ich ihm eigentlich gehörig die Leviten hatte lesen wollen. »Beim nächsten Mal ist es vielleicht ein Kind, was du übersiehst oder ein anderer Hund«, fügte ich hinzu, um meinen Worten mehr Gewicht zu geben, denn mir war ja eigentlich nichts Schlimmes passiert.

Sein anfängliches Grinsen war nun gänzlich verschwunden und schließlich nuschelte er: »Sorry. Das ist wirklich unverzeihlich. Tut mir echt voll leid, dass du dich wegen mir verletzt hast. Ja, ich gebe es zu, ich habe einen Moment nicht aufgepasst und bin sehr nahe an dir vorbeigefahren. Aber mir kam es wirklich so vor, als wären mindestens zwei Meter Platz zwischen uns«, sagte er und wirkte dabei ziemlich zerknirscht.

»Okay«, brachte ich bloß raus, weil ich total überfordert damit war, den rücksichtslosen Strandsegler mit ihm in Verbindung zu bringen.

»Ist es nicht. Wie kann ich den Vorfall denn wiedergutmachen?«

Er schaute mir in die Augen und ich konnte meinen Blick nicht von seinem lösen. Seine Augen schimmerten im Tageslicht so unfassbar blau, dass ich mich fragte, ob er womöglich farbige Kontaktlinsen trug.

»Falls dein Strandsegler fliegen kann, könntest du mir St. Peter-Ording von oben zeigen«, entgegnete ich scherzhaft, weil mir in dem Augenblick nichts Besseres einfiel.

Auf Jannis' Gesicht erschien ein Grinsen. »Bis jetzt noch nicht. Aber ich verspreche dir, dass ich schauen werde, was ich tun kann.«

»Seid ihr dann jetzt fertig?«, schaltete sich Rike ein, die ich fast vergessen hatte. »Die Pause ist gleich rum. Wir müssen wieder rein.«

Jannis salutierte vor Rike. »Okay, Miss. Dann auf in den Kampf.« Er hielt uns die Eingangstür zum Sonnenhaus auf und machte dabei eine kleine Verbeugung. Als ich an ihm vorbeiging, zwinkerte er mir zu, was ein wohliges Prickeln in meinem Bauch auslöste.

Ich nahm Jannis' Versprechen nicht weiter ernst, weil ich mir nicht vorstellen konnte, dass er mich tatsächlich überraschen wollte. Deswegen tat ich seinen Kommentar als nichtssagende Rede ab, die man oft aus reiner Höflichkeit gebraucht, und gab mich für den Anfang damit zufrieden, dass er sich bei mir entschuldigt hatte und der Zwischenfall aus der Welt geschafft war. Ich war froh, dass er doch kein skrupelloser Typ war, wie ich an dem Tag am Strand geglaubt hatte, sondern der nette Typ vom Deich, der mir seit unserer ersten Begegnung einfach nicht aus dem Kopf ging. Nicht einmal John the Rippers straffes Programm konnte verhindern, dass ich immer wieder in Jannis' Richtung schaute und mich in Tagträumen verlor, bis Rike mir ihren Ellbogen in die Seite drückte.

Nach dem Unterricht packte ich meine Sachen in meinen Rucksack. »Ist ja echt eine Menge, was wir für morgen lernen sollen«, sagte ich zu Rike. »Und dann noch der angekündigte Vokabeltest.«

»Das ist das normale Pensum bei John the Ripper. Gestern hat er noch Gnade vor Recht ergehen lassen, weil es der erste Tag war. Aber jetzt legt er richtig los. Was meinst du, warum den niemand hier an der Schule als Englischlehrer haben möchte?«

»Kann ich verstehen.« Ich schulterte meinen Rucksack und ging mit Rike Richtung Klassentür. »Keine Ahnung, wie ich mir bis morgen die ganzen Vokabeln merken soll.« Bei dem Gedanken, den Rest des Tages in meinem Zimmer über Vokabeln brüten zu müssen, kam in mir große Unlust auf.

»Wir könnten doch zusammen lernen«, schlug Rike vor, während wir den Flur entlanggingen. »Geteiltes Leid ist halbes Leid.«

»Coole Idee. Zu zweit macht es ja auch viel mehr Spaß, als allein zu büffeln«, sagte ich begeistert. »Sollen wir zusammen in der Mensa Mittag essen und uns danach draußen ein schönes Plätzchen suchen?«

»Genug Geld für ein Essen dürfte ich dabeihaben. Einverstanden.«

Jannis tauchte schnellen Schrittes neben uns auf. »Dann mal viel Spaß beim Pauken«, sagte er.

»Möchtest du dich uns anschließen?«, fragte Rike.

»Danke für das Angebot, aber ich muss mich beeilen. Muss in einer Viertelstunde am Strand bei meinem Onkel und Kapitän sein«, erwiderte er. »Wir sehen uns morgen.«

»Dann bis morgen«, sagte Rike.

»Bis morgen!«, rief ich ihm hinterher, doch da war er schon um die nächste Ecke verschwunden.

»Typisch Jannis. Wahrscheinlich lernt er die Vokabeln beim Strandsegeln.« Rike schüttelte lachend den Kopf.

»Macht bestimmt auch mehr Spaß.«

»Mehr Spaß bestimmt«, stimmte sie mir zu. »Aber ob die Vokabeln mit dieser Methode dann wirklich sitzen, das weiß ich nicht.«

»Ich weiß nur, dass ich jetzt unbedingt was essen muss. Mein Magen knurrt wie ein Wolf. Und mit leerem Magen werde ich mir keine einzige Vokabel merken können. Egal, mit welcher Methode.«

»Dann beeilen wir uns besser.«

Nachdem Rike und ich uns mit Seelachsfilet und Kartoffelsalat gestärkt hatten, ging es an die Englischhausaufgaben. Wir setzten uns dazu in den Schatten eines Baums auf dem Gelände des Internats und breiteten vor uns die Arbeitsblätter aus. Anschließend gingen wir ohne Pause zum Lernen der Vokabeln über.

»Also, ich kann mir nichts mehr merken«, sagte Rike nach ungefähr eineinhalb Stunden. »Mein Gehirn hat keine Speicherkapazität mehr frei.«

»Mir schwirrt auch ganz schön der Kopf vor lauter Vokabeln«, gab ich zu.

»Lass uns am besten eine Pause machen. Bringt jetzt eh nichts weiterzulernen, wenn die Akkus leer sind.«

Ich schaute auf das Dispaly meines Handys. »Gleich drei Uhr. Sollen wir wieder in die Mensa gehen? Dort gibt es bestimmt Kuchen und andere Snacks.«

»Dafür ist es doch viel zu warm. Ich habe da eine bessere Idee.« Rike verstaute ihre Unterlagen in ihrem Rucksack.

»Und welche?«, fragte ich.

»Na, Eis natürlich! Du müsstest dir dafür allerdings wieder ein Fahrrad ausleihen. Zu Fuß ist es ein bisschen weit.«

»Kein Problem. Dann mal los!«

Wenig später fuhren wir die Pestalozzistraße entlang. Rike radelte wieder voraus und ich folgte ihr. Nach einer Weile erreichten wir den Ortsteil Bad, das Zentrum von St. Peter-Ording. Rike hielt neben einem Geschäft an, vor dem sich ein Geländer zur Straße hin befand, an dem wir die Fahrräder zwischen vielen anderen Drahteseln anketteten.

»Folge mir unauffällig«, sagte Rike.

»Okay.«

Wir gingen am Kino und einem Restaurant vorbei und Rike deutete auf das Eiscafé auf der anderen Straßenseite.

»Da vorne ist *Janny's*. Da gibt es das beste Eis von St. Peter.«

»Ja, das Eis schmeckt sehr lecker«, antwortete ich. Wir überquerten die Straße und dieses Mal achtete ich besonders darauf, dass mich kein Auto über den Haufen fuhr.

»Du warst schon hier?«, fragte Rike, als wir uns in die Schlange der wartenden Kunden einreihten.

»Ja, am Sonntag. Ich habe mir ein neues Buch in der Buchhandlung nebenan gekauft und wäre danach fast von einem Auto überfahren worden, weil ich ganz vergessen habe, vor dem Überqueren der Straße nach links und rechts zu schauen. Gott sei Dank hat mich ein Mann noch rechtzeitig nach hinten gezogen und mich so gerettet. Auf den Schreck hat er mir dann ein Eis ausgegeben.«

Rike prustete los. »Was?! Du wärst fast vom Auto überfahren worden? Erst der Strandsegler, dann noch ein Auto? Ich dachte, du kommst aus der Großstadt!«

»Eigentlich war es umgekehrt.« Ich musste mitlachen. »Jaja, mach dich nur über mich lustig. Ich weiß ja auch nicht, wie mir so was passieren konnte, habe wohl vergessen, dass auf den Straßen von St. Peter-Ording auch Autos unterwegs sind.«

Rike schaute über meine Schulter. »Ach, guck mal, da vorne ist Jannis mit Kapitän.«

Ich drehte mich um und entdeckte ihn mit einer Tüte in der einen und Kapitäns Leine in der anderen Hand vor dem Buchladen.

»Hey, Jannis!«, rief Rike und winkte ihm zu.

Als Jannis entdeckt hatte, woher die Rufe kamen, winkte er zurück und kam mit dem Neufundländer auf uns zu.

»Na, so sieht also euer Pauken aus?! Hätte ich gewusst,

dass ihr mit Lernen Eis essen meint, hätte ich meinen Termin am Strand glatt abgesagt.« Er zwinkerte uns gut gelaunt zu.

»Von wegen! Wir waren schon fleißig«, sagte ich.

»Das hier ist nur unsere wohlverdiente Pause«, entgegnete Rike. »Und selbst? Hast du schon alle Vokabeln für morgen drauf?«

»Immer mit der Ruhe. Zuerst war der Strand an der Reihe. Am Abend ist dafür auch noch genug Zeit.« Er zeigte auf seine Tüte. »Ich musste mir erst einmal einen neuen Block besorgen.«

»Der gute Wille zählt«, foppte Rike ihn.

»Von wegen guter Wille, bis morgen habe ich die Vokabeln perfekt drauf. Perfekter als ihr.«

Rike zog die Augenbrauen hoch. »Hört, hört.«

»Sagt mir lieber, ob ich mich euch anschließen kann. So ein Eis vor der Büffelei wäre nämlich nicht schlecht.« Jannis zog aus einer Gesäßtasche seiner Hose ein Portemonnaie und überprüfte dessen Inhalt. »Ich lade euch auch ein.«

»Dann darfst du dich uns natürlich gerne anschließen.« Ich grinste ihn frech an und Jannis' Augen blitzten vor Vergnügen.

»Mädchen!«, sagte er und rollte mit den Augen.

»Vorsicht, wir sind in der Überzahl«, scherzte Rike und rückte bis zur Theke vor.

Jannis hob abwehrend die Hände. »Dann halte ich mich besser zurück. Was für ein Eis wollt ihr denn haben?«

Ein paar Minuten später standen wir mit Eis im Waffelhörnchen auf dem Bürgersteig vor dem Café. Kapitän hatte auch ein Waffelhörnchen bekommen, was er besonders gerne mochte.

»Danke für das Eis«, sagte ich.

»Ja, danke. Echt nett von dir.«

»Gern geschehen.« Jannis biss ein Stück von seiner Waffel ab. »Dann lasst es euch mal schmecken. Tut mir leid, aber ich muss jetzt nach Hause. Sonst wird das nichts mehr mit den Vokabeln«, erklärte er.

Wir schauten ihm und Kapitän hinterher.

»Echt toll von Jannis, dass er uns auf ein Eis eingeladen hat. Ich meine, er kennt mich ja eigentlich gar nicht richtig«, sagte ich zu Rike, um etwas mehr über Jannis zu erfahren. Gleichzeitig versuchte ich, die Hoffnung zu unterdrücken, dass er auch so nett zu mir war, weil er mich genauso anziehend fand wie ich ihn.

»Ja, so ist er. Großzügig und mit dem Herzen am rechten Fleck.«

Also schien mein erster Eindruck von Jannis doch richtig gewesen zu sein. Genau deswegen wollte ich ihn unbedingt noch näher kennenlernen. Bei dem Gedanken ertappte ich mich dabei, wie ich lächelte. Ein Glück, dass ich mir dabei meine Eistüte vor das Gesicht hielt und Rike mein Lächeln nicht sehen konnte.

7

»Wo ist eigentlich Jannis?«, fragte ich ein paar Tage später Rike, als sein Platz vor dem Lehrertisch leer blieb, auch wenn ich damit vor ihr zugab, dass mir sein Fehlen sofort auffiel. Vielleicht dachte sie sich aber auch nichts weiter dabei. In den letzten Tagen hatten Jannis und ich uns schließlich öfter unterhalten. Nie allein, Rike war immer dabei gewesen. Aber das war okay so. Für den Anfang jedenfalls. Ich war in seiner Gegenwart immer nervös und oftmals froh, wenn ich einfach bei ihm sein konnte, ohne geistreiche Gesprächsbeiträge bringen zu müssen. Ging es bei den Unterhaltungen um das Strandsegeln, war ich eh raus. Das war für mich Seglerlatein, davon verstand ich nichts. Da hörte ich ihm und Rike lieber zu.

»Der war vorhin kurz hier, hat sich dann aber wieder zum Strand verdrückt.«

»Ah. Lass mich raten, guter Wind?« Wobei es bisher eigentlich jeden Tag windig war, aber als Laie konnte ich da auch keinen Unterschied feststellen.

»Nein, er muss sich um Kapitän kümmern und im Geschäft für seinen Onkel einspringen, dem ging es heute früh nicht so gut. Dabei kann Jannis es sich gar nicht leisten, beim Unterricht zu fehlen. Er ist schon mal sitzen geblieben und deswegen mit siebzehn auch der Älteste in unserer Stufe. Noch eine Ehrenrunde und die Leute sagen Opa zu ihm. Aber ich an seiner Stelle hätte wahrscheinlich auch meinem Onkel geholfen.«

Ich musste lachen. »So schlimm wird es bestimmt nicht werden, dass ihn alle Opa nennen. Warum war er denn dann vorhin überhaupt hier?«

Rikes Augen weiteten sich. »Ach ja. Gut, dass du fragst. Das hätte ich fast vergessen.« Sie kramte in ihrer Tasche und beförderte einen zusammengefalteten Zettel aus ihr heraus. »Hier. Soll ich dir geben.« Sie hielt mir das Stück Papier hin.

»Für mich?«, wunderte ich mich und drehte den Zettel in meinen Händen. »Von wem denn?«

»Du stehst aber gehörig auf dem Schlauch. Von Jannis natürlich!«, sagte Rike, als wäre es die selbstverständlichste Sache überhaupt, dass Jannis mir Nachrichten zukommen ließ.

Überhaupt, einen Brief. Ich konnte mich nicht entsinnen, wann ich das letzte Mal einen erhalten hatte. Das musste Jahre her sein. Was ich aber mit Bestimmtheit wusste, war, dass der Erhalt eines Briefes noch nie solches Herzklopfen bei mir ausgelöst hatte. Ich wusste zwar noch nicht, was Jannis mir überhaupt geschrieben hatte, ging jedoch davon aus, dass er nicht allen Mädchen Briefe schrieb. Vielleicht wollte er mich ja sehen und fragte nach einem Treffen – ohne Rike?

»Einen schönen Gruß soll ich dir auch noch ausrichten

und wir sollen ihn bei Johnny-Boy als krank entschuldigen und ihm dafür die Arbeitsblätter mit den Übungen mitbringen.«

»Wenigstens will er die Übungen machen, wenn er schon fehlt und dafür eine Notlüge benutzt«, merkte ich an und ließ den Zettel in meinem Rucksack verschwinden. Am liebsten hätte ich den Brief sofort gelesen, doch ich wollte dabei allein sein und keine Zuschauer haben. Dafür musste ich notgedrungen bis zum Unterrichtsende warten, was mich auf eine harte Geduldsprobe stellte.

Nach dem Unterricht verabschiedete ich mich von Rike, die zum Mittagessen dieses Mal nach Hause fuhr, und lief, so schnell es ging, rüber zum Deichhaus. Ich hatte Glück, unser Zimmer war leer. Lea schien noch mit den Pferden beschäftigt zu sein. Ich setzte mich aufs Bett und faltete mit zittrigen Händen den Zettel auseinander. Mein Herz klopfte wie verrückt, als ich Jannis' handschriftliche Nachricht las.

Hi Emma!
Hast du immer noch Lust darauf, St. Peter-Ording von oben zu sehen?
Falls ja, dann komm heute Abend um 19 Uhr mit einem Fahrrad zur Seebrücke (zu Fuß ist es zu weit). Ich werde da auf dich am Wärterhäuschen warten.
Bis (hoffentlich) später!
Jannis

Ich war total baff. War das etwa wirklich eine Einladung zu einem Date? Ich las den Brief noch mal. Auf jeden Fall war sein Angebot damals doch nicht bloß so dahingesagt gewesen. Der Vorfall am Strand schien ihm ehrlich leidzutun und er wollte seine Unachtsamkeit noch immer wiedergutmachen. Ich fragte mich, was wohl genau hinter der geheimnisvollen Einladung stecken mochte, als der Signalton meines Smartphones erklang. Ich wischte mit dem Finger über das Display. Pia hatte geschrieben.

Wie läuft's im Englischcamp? Und was macht dein Fuß? Und vor allem: Was gibt es Neues von Jannis???!!!

Kann nicht klagen. Dem Fuß geht es schon wieder ganz gut. Hier wird es jedenfalls nie langweilig – ganz anders als erwartet. Gut, dass du dich meldest, ich brauche nämlich deinen Rat.

Dadurch, dass Pia und ich mehrmals täglich schrieben, wusste sie über alles Bescheid. Ich hatte ihr von Rike erzählt, dem Beinahe-Crash am Strand und natürlich auch von Jannis. Kurz schrieb ich ihr von den neuesten Ereignissen und fotografierte schließlich noch Jannis' Brief ab.

Für einen Jungen hat er aber eine total schöne Schrift. So schwungvoll und sogar leserlich!

Ich las Pias Nachricht zweimal. War das ihr Ernst? Hier gab es doch deutlich Wichtigeres zu analysieren als Jannis' Handschrift!

Aber ist das nun ein Date? Oder nicht?, schrieb ich zurück.

Natürlich ist das ein Date! Was denn sonst?!

OMG! Was mache ich denn jetzt?

Am besten schöne Klamotten raussuchen, dich duschen, dann etwas schminken und heute Abend hinfahren.

Typisch Pia, aber natürlich hatte sie recht. Ich mochte Jannis und wäre schön blöd, aus Angst nicht zu dem Treffen zu gehen. Und trotzdem …

Ich bin total aufgeregt!

Vergiss aber nicht vor lauter Aufregung, rechtzeitig loszufahren. ;-)

Ich musste lachen und versprach Pia, mich nach dem Date gleich bei ihr zu melden – egal wie spät es war! – und ihr haarklein jedes Detail zu berichten. Jetzt musste ich nur noch die Zeit bis zum Abend rumkriegen – und das war gar nicht so leicht.

Obwohl ich mir echt viel Zeit ließ mit dem Klamottenraussuchen und Duschen, war ich viel zu früh fertig, um meine Haare schon für das Date zu frisieren. Die verbleibende Zeit versuchte ich deswegen mit Lesen totzuschlagen. Doch ich konnte mich kaum auf die Geschichte konzentrieren. Nachdem ich eine Seite drei Mal gelesen hatte und trotzdem nicht zusammenbekam, was eigentlich passiert war, gab ich es auf und schaute mir stattdessen ein paar Stylingvideos auf YouTube an.

Als ich später schließlich meine Haare trocken geföhnt hatte, befestigte ich einige Strähnen seitlich mit Haarclips, damit sie mir nicht im Gesicht hingen. Ich schaute prüfend in den Spiegel und zog dann mit einem schwarzen Eyeliner eine dünne Linie auf meinem Oberlid, danach tuschte ich die Wimpern und trug etwas Lipgloss auf. Sah gar nicht so übel aus. In meinen Bademantel gehüllt, lief ich über den Flur zurück in unser Zimmer.

Wie es der Zufall wollte, nahm Lea an diesem Abend an einer Scheunennacht teil, was bedeutete, dass sie mit den anderen Reitern auf dem Pferdehof im Stroh schlief, ich freie Bahn hatte und mich keiner mit Fragen löcherte, warum ich mich so aufhübschte. Ich hatte mich zuvor im Internet schlaugemacht, wo diese Seebrücke in St. Peter-Ording lag, und dann mit einem Routenplaner die ungefähre Fahrtzeit mit dem Rad berechnet.

Die Brücke war leicht zu finden. Sie lag in der Nähe der Buchhandlung *Tewes,* ich musste bloß den Deich immer in nördlicher Richtung hochfahren, bis ich automatisch zur Strandpromenade kam, von wo aus die Seebrücke unübersehbar war. Eigentlich kinderleicht.

Da ich keine Ahnung hatte, was Jannis vorhatte, entschied ich mich für eine enge Jeans, ein marineblaues Shirt mit V-Ausschnitt und gestreifte Espandrilles. Damit konnte ich eigentlich nichts falsch machen.

Mit klopfendem Herzen fuhr ich eine halbe Stunde später den Deich entlang und schaffte es trotz des einfachen Weges, mich zwei Mal zu verfahren. Irgendwann sah ich von Weitem die lange Brücke.

Je näher ich kam, desto nervöser wurde ich. Meine schwitzigen Hände umklammerten die Lenkergriffe. Ich konnte es irgendwie immer noch nicht glauben, dass ich mich gleich mit Jannis treffen würde. Einerseits freute ich mich unbändig darauf, ihn zu sehen, und war gespannt darauf, was er geplant hatte. Gleichzeitig hoffte ich aber, dass es noch etwas dauern würde, bis ich an der Seebrücke eintraf, obwohl ich viel zu spät dran war. Ich fühlte mich noch nicht bereit, ihn zu sehen – ihn allein zu sehen! –, musste mich noch etwas sammeln. Hoffentlich erzählte ich in seiner Gegenwart vor lauter Aufregung keinen Blödsinn.

Mit einer viertelstündigen Verspätung kam ich an der

Seebrücke an und machte mein Rad an einem Fahrradständer auf der Strandpromenade fest, gegenüber von roten Holzhäusern, in denen sich ein Bernsteingeschäft und ein Fischrestaurant von Gosch befanden. Dann lief ich langsam in Richtung Brücke. Das helle Strandwärterhäuschen befand sich schräg versetzt auf der linken Seite vor der Seebrücke.

Ich sah ihn schon von Weitem und konnte meinen Herzschlag im Hals spüren. Jannis. Er hatte trotz Verspätung auf mich gewartet.

Lässig lehnte er an dem Wärterhäuschen. Er trug eine verspiegelte Sonnenbrille, ein apfelgrünes T-Shirt mit einem Surflabel-Aufdruck, eine dunkelblaue, kurze Cargohose und helle Chucks. Mich machte seine Sonnenbrille noch nervöser, als ich es ohnehin schon war. So konnte ich nicht sehen, wohin er blickte. Ob er mich schon gesehen hatte oder nicht. Beobachtete er mich heimlich oder hielt er die Augen womöglich geschlossen?

Mit einem Mal breitete sich ein Lächeln auf seinem Gesicht aus und er kam auf mich zu. Als er bei mir war, nahm er seine Sonnenbrille ab und umarmte mich kurz. »Cool, dass du gekommen bist.«

»Cool, dass du mich eingeladen hast«, entgegnete ich möglichst gelassen.

Jannis vergrub seine Hände in den Hosentaschen. »Hatte ich doch versprochen.«

»Klar. Aber nicht jeder hält seine Versprechen.«

»Gut, dass ich nicht jeder bin.« Er grinste mich schief an.

»Scheint so. Sorry für meine Verspätung.«

»Verspätung? Ist mir gar nicht aufgefallen.« Er strahlte mich an. »Bist du bereit?«

»Klar. Was hast du vor?«

»Wart's ab und folge mir unauffällig«, sagte er. Ein geheimnisvolles Lächeln umspielte seinen Mund.

Er führte mich wieder zurück an die Stelle, wo sich die Fahrradständer befanden und ich zuvor das Mountainbike abgestellt hatte. Jannis blieb neben einem mintgrünen Motorroller stehen und klappte die Sitzbank hoch. In dem Stauraum unter dem Sitz befanden sich zwei Helme.

»Hier. Für dich.« Jannis reichte mir einen, den anderen setzte er sich auf.

»Ist das dein Roller?«, fragte ich überrascht. Ich hatte ihn zuvor noch nie mit dem Motorroller gesehen.

»Meine Vespa«, bestätigte er und ich konnte deutlich einen gewissen Stolz aus seiner Stimme heraushören. »Selbst zusammengespart und aufgemotzt.«

»Nicht schlecht«, sagte ich beeindruckt.

»Nicht schlecht wäre, wenn du den Helm aufsetzen würdest, damit ich dich entführen kann.« Er stieg lachend auf den Roller und startete den Motor.

Ich beeilte mich, den Helm aufzusetzen. »Du hast mir noch immer nicht gesagt, was du eigentlich mit mir vorhast.«

»Das ist doch Sinn und Zweck einer Entführung, oder?« Er grinste mich frech an. »Na komm, steig schon hinten auf.«

»Du bist echt ein Geheimniskrämer!« Ich musste lachen und spürte ein aufregendes Prickeln in meinem Körper. Nicht zu wissen, wohin es mit Jannis gehen würde, war spannender als alles, was ich bisher erlebt hatte.

Also schwang ich ein Bein über den Roller und hockte mich hinter ihn. Mit den Händen hielt ich mich an dem Gepäckträger fest. Ich wollte mich nicht beim ersten Mal gleich an Jannis festklammern.

»Bist du bereit?«, fragte er.

»Bereit. Kann losgehen.«

Jannis fuhr aus dem Ort und dann auf eine Landstraße. Es ging weiter in Richtung Norden, bis hoch nach Westerhever. In der Ferne erhob sich ein rot-weißer Leuchtturm, dem jeweils rechts und links ein Häuschen zur Seite stand. Von Weitem sah es fast aus wie eine Miniatur. Die Sonne setzte den Leuchtturm zusätzlich ins rechte Licht, sodass man ihn in dem Augenblick perfekt für Postkarten oder Kalenderblätter hätte fotografieren können.

Ich genoss es, so nah bei Jannis zu sein, obwohl ich meine Arme nach wie vor nicht um ihn geschlungen hatte. Schon allein die Tatsache, dass ich mit ihm allein auf dem Roller fuhr, war für mich das pure Glück. Ich musste ihn mit niemandem teilen und ich wusste, dass er diesen Abend nur mit mir verbringen wollte. Was wollte ich noch mehr?

Wir rollten auf einem schmalen Weg durch Salzwiesen, an grasenden Schafen vorbei, über drei Brücken, immer weiter, bis wir schließlich vor dem Leuchtturm standen und Jannis den Motor ausstellte.

»Endstation«, verkündete er und löste den Verschluss von seinem Helm. »Und? Was sagst du?«

Ich rümpfte die Nase. »Hier riecht's irgendwie komisch.«

»Du meinst, es duftet«, korrigierte er mich.

»Und wonach *duftet* es?«

»Nach Schafpups.«

»Du spinnst ja!«

»Nein, ehrlich. Die fressen den ganzen Tag und pupsen dann wild durch die Gegend. Das riecht hier immer so.«

»Was du nicht alles weißt«, meinte ich lachend.

Ich nahm meinen Helm ab, legte den Kopf in den Nacken und schaute an dem Leuchtturm empor. »Wow! Ziemlich bemerkenswert. Und so hoch.«

Jannis stellte den Motorroller ab und verstaute unsere Helme wieder unter der Sitzfläche. »41,5 Meter hoch und neun Stockwerke. Und da oben riecht es garantiert nicht nach Schafpups.«

Die braune Holztür des Leuchtturms flog auf und ein Typ in Jeans und kurzärmligem kariertem Hemd trat heraus und blieb auf der obersten Treppe stehen. »Da seid ihr ja endlich! Dachte schon, das wird heute nix mehr.«

»Moin, Tjard!« Jannis und Tjard gingen aufeinander zu und gaben sich ein High Five. Ich kam hinterher.

»Über den Stockenstieg kann ich mit meiner Vespa nur in Zeitlupe rollen. Und dann die ganzen Schafe ...«

»Dann mal los jetzt und ein bisschen schneller als gewöhnlich, bevor Erik hier wieder aufkreuzt«, trieb er Jannis und mich an.

»Ich versteh nur Bahnhof. Wieso sollen wir uns beeilen und wer ist dieser Erik?«, fragte ich Jannis verständnislos.

»Erkläre ich dir später. Meinst du, du schaffst 157 Stufen in Richtung Himmel mit deiner Kondition?«

»Du willst doch nicht etwa den Leuchtturm mit mir hochkraxeln?«, fragte ich verdutzt.

»Exakt. Einen Fahrstuhl gibt es leider nicht. Was ist, bist du dabei?«

»Ja«, sagte ich überrumpelt. »Und was soll das eigentlich heißen, mit meiner Kondition? Die ist mindestens so gut wie deine«, merkte ich selbstbewusst an.

»Dann los.« Jannis griff nach meiner Hand und zog mich hinter sich her.

»Aber dürfen wir denn da so einfach reingehen?« Mir kam die Aktion ziemlich illegal vor.

»Die Tür ist offen, wir brechen nirgendwo ein«, war seine Antwort.

Tjard hielt uns die Tür auf. »Aber sobald Erik am Horizont erscheint, müsst ihr wieder runter von der Plattform.«

»Danke, Tjard. Hast was gut bei mir.« Jannis klopfte Tjard auf die Schulter und schob mich flott an ihm vorbei zu der Holztreppe, als würde er befürchten, ich könnte es mir noch anders überlegen.

Wir begannen mit dem Aufstieg und trotz aller Bedenken war ich in Wirklichkeit ziemlich beeindruckt und auch geschmeichelt davon, dass Jannis dies alles für mich tat, um sein Versprechen zu halten. Immerhin würde er sich eine Menge Ärger einhandeln, falls wir erwischt werden sollten.

»Ist Erik der Leuchtturmwärter?«, fragte ich Jannis, der hinter mir ging.

Jannis lachte leise. »Nein. Einen Leuchtturmwärter gibt's hier schon lange nicht mehr. 1979 wurde die Lichtbogenlampe automatisiert und damit ging der ehemalige Wärter vom Turm. Erik ist der Leiter der *Schutzstation*

Wattenmeer. Er kümmert sich hier ums Vögelzählen. Mit dem Leuchtfeuer hat er nichts am Hut.«

»Und Tjard?« Ich kraxelte Stufe um Stufe weiter hoch und kam dabei mächtig außer Atem.

»Er macht in der Schutzstation ein freiwilliges ökologisches Jahr. Ist quasi Eriks Gehilfe.«

»Und hat uns heimlich hier reingelassen.«

»No risk, no fun.« Ich konnte das Grinsen in Jannis' Worten förmlich hören.

Ich wusste nicht, ob ich das Ganze gut finden sollte. Wir befanden uns unerlaubt in diesem Leuchtturm, das konnte eine Menge Ärger geben, wenn uns Erik erwischte. Andererseits fand ich es aber auch ungemein aufregend, mit Jannis verbotene Dinge zu tun, musste ich mir eingestehen.

Als ich oben auf der Plattform unter dem Leuchtfeuer ankam, verschwanden meine Zweifel jedoch schlagartig. Jannis führte mich auf die Galerie und ich war von der Aussicht völlig überwältigt.

»Das ist Wahnsinn!«, keuchte ich, noch außer Puste von der Treppensteigerei. Jannis hatte sein Versprechen tatsächlich wahr gemacht.

»Du wolltest doch St. Peter-Ording von oben sehen. Et voilà!«, hörte ich seine Stimme nahe an meinem Ohr und spürte, wie sich eine leichte Gänsehaut an meinem Hals bildetete. »Und von hier aus kannst du sogar über ganz Eiderstedt und die Nordsee, bis hin zu den Halligen blicken.«

»So einen genialen Ausblick hat man sonst nur vom Kölner Dom aus«, sagte ich begeistert.

»Köln müsste übrigens in dieser Richtung liegen.« Er deutete mit einem Finger über die Salzwiesen.

Dann nahm er mich an die Hand und zog mich auf die andere Seite der Galerie. »Und dort drüben liegt Helgoland.« Er zeigte aufs Meer.

»Helgoland?«, überlegte ich. »Habe ich, glaub ich, noch nie von gehört.«

»Solltest du aber. Dort gibt es Robben, Klippen und Strände. Helgoland ist Deutschlands einzige Hochseeinsel, weil sie auf offener See liegt. Ungefähr 50 Kilometer von St. Peter entfernt.«

»Warst du denn schon mal da?«

»Na klar. Und du solltest irgendwann auch mal dorthin fahren. Es lohnt sich nämlich. Richtig cool ist die Lange Anna. Das ist ein frei stehender Lummenfelsen, der fast 50 Meter hoch ist und von Tausenden Seevögeln bevölkert wird. Oder die bunten Hummerbuden am Hafen. Das waren früher mal Werkstätten von Fischern«, erzählte Jannis begeistert.

»Hört sich toll an. Fährt ein Schiff nach Helgoland?«

»Eine Fähre, von Büsum aus. Aber du kannst auch mit dem Flugzeug fliegen. Ich bin sogar mal mit einem Kumpel zusammen rübergesurft, aber dafür muss man schon ziemlich gut surfen können und eine gute Kondition haben. Sonst schafft man die Strecke nicht.«

»Wow, okay. Und wo liegt Sylt?«, fragte ich, um ihm zu zeigen, dass ich zwar Helgoland nicht kannte, aber dafür andere Nordseeinseln.

»Sylt liegt weiter nördlich von hier aus.« Er ging die Galerie weiter entlang und ich ihm hinterher. »Ungefähr da drüben. Hinter Pellworm und Föhr.«

Ich schaute in die Ferne, auf das Meer, wo die Sonne

langsam wie ein glühender Feuerball am Horizont versank und die Welt in ein tiefrotes Licht tauchte. Mir wurde warm ums Herz. Der Moment war filmreif. Einfach perfekt. Mit Jannis hier im Sonnenuntergang zu stehen, heimlich auf einem Leuchtturm – konnte es etwas Romantischeres geben?

»So etwas wie das hier hat noch nie jemand für mich getan«, sprach ich schließlich meine Gedanken im Flüsterton aus und drehte mich zu ihm um.

»Ich halte eben meine Versprechen.« Jannis lächelte mich sanft an und ich versank in seinen Augen, die die Farbe von dem Meer zu unseren Füßen hatten.

»Danke«, hauchte ich. Er hatte so unheimlich schöne Lippen, voll und perfekt geschwungen. Ehe ich noch darüber nachdenken konnte, was ich da eigentlich tat, beugte ich mich vor und küsste ihn. Als er auf meinen Kuss einging, breitete sich gleich wieder dieses wohlige Kribbeln in meinem ganzen Körper aus, das jeden Zweifel im Keim erstickte. Es fühlte sich einfach richtig an, hier auf dem Leuchtturm mit Jannis zu stehen und ihn zu küssen.

»Jannis!«, brüllte Tjard in diesem Moment von unten herauf.

Erschrocken wichen wir auseinander. Jannis lief zur Treppe. »Ja?«

»Ihr müsst sofort runterkommen. Erik ist im Anmarsch!«

»Alles klar!«, rief Jannis nach unten und bedeutete mir, die Wendeltreppe wieder hinunterzusteigen.

»Schade. Es war so schön hier oben«, sagte ich zu ihm, ohne eine Antwort darauf zu bekommen. Ich war noch immer ganz benommen von dem Kuss und meine Gefühle fuhren Kettenkarussell. Ich stieg schweigend hinter Jannis die Treppen wieder hinab und hatte dabei Mühe, mit seinem Tempo mitzuhalten.

Tjard empfing uns unten am Eingang und drehte den Schlüssel im Schloss, kaum dass ich einen Fuß auf die erste Treppenstufe vor dem Leuchtturm gesetzt hatte.

»Danke noch mal«, sagte Jannis zu ihm. Die Jungs gaben sich zum Abschied die Hand.

»War echt toll! Ich hätte noch viel länger auf dem Leuchtturm bleiben können«, sagte ich zu Tjard.

»Das hätte dann eine Menge Ärger gegeben. Erik müsste in ein paar Minuten hier eintrudeln. Aber schön, dass es dir gefallen hat«, antwortete er und zwinkerte mir freundlich zu.

»Wir müssen sowieso langsam wieder zurück nach St. Peter fahren.« Jannis wirkte fahrig, setzte sich den Helm auf und schmiss den Motor seiner Vespa an.

Ich setzte den anderen Helm auf und schwang mich hinter Jannis. Kurz überlegte ich, ob ich es nun wagen sollte, meine Arme von hinten um seine Taille zu schlingen, doch ich ließ es lieber sein. Es schien mir nicht passend vor Tjard. Außerdem hatten Jannis und ich bisher noch keine Gelegenheit gehabt, nach dem Kuss miteinander zu sprechen. Ich griff nach hinten und hielt mich wie schon bei der Hinfahrt am Gepäckträger fest.

Jannis fuhr zurück zur Seebrücke nach St. Peter, wo ich mein Rad abgestellt hatte. Er hielt mit laufendem Motor vor dem roten Holzhaus des Bernsteinladens.

Ich stieg von der Vespa, nahm den Helm ab und gab ihn

Jannis zurück. »Die Rückfahrt ist mir viel kürzer vorgekommen.«

»Zurück geht es irgendwie immer schneller«, antwortete er und befestigte den Helm wieder hinten am Roller.

»Danke noch mal für den tollen Ausflug zum Leuchtturm. Das war wirklich eine megamäßige Überraschung.«

Ich wartete darauf, dass Jannis seinen Helm abnahm und den Motor der Vespa ausstellte, damit wir endlich über den Kuss reden konnten. Aber er stellte weder den Motor aus noch nahm er seinen Helm ab.

»Schön, dass es dir gefallen hat. Ich düse dann jetzt mal nach Hause, sonst bekomme ich die Arbeitsblätter für morgen nicht mehr fertig. Wir sehen un...uns ... da... da...dann.« Er klappte hastig das Visier an seinem Helm herunter, winkte noch kurz und fuhr dann los, als wäre er auf der Flucht.

Ich blickte ihm perplex hinterher und verstand die Welt nicht mehr.

8

Es war schon weit nach Mitternacht. Mein Zimmer lag im Dunkeln und wurde nur durch die Display-Beleuchtung meines Smartphones erhellt, als eine neue Nachricht von Pia einging.

Du hast ihn wirklich geküsst?! Ich fasse es nicht!

OMG!!! Ich weiß auch nicht so genau, wie das gekommen ist, und war total überrascht von mir. So was habe ich noch nie getan. Das ging irgendwie total automatisch, als hätte mein Gehirn auf Autopilot geschaltet. Und dann hat Tjard schon gerufen ...

Bei der Erinnerung daran seufzte ich leise auf. Wären wir nicht unterbrochen worden, wüsste ich jetzt vielleicht, woran ich bei Jannis war.

Dann war bestimmt mit einem Mal die ganze schöne romantische Stimmung futsch, vermutete Pia.

Total. Da war gar nichts mehr romantisch. Jannis hatte es dann auch total eilig, wieder vom Leuchtturm runterzukommen. Ich meine, ist auch klar, er wollte ja nicht, dass wir erwischt werden. Aber ich verstehe einfach nicht, warum er nicht noch kurz mit mir geredet hat, als wir wieder an der Seebrücke waren. Er ist Hals über Kopf aufgebrochen, als wäre der Teufel hinter ihm her.

Ein Abschiedskuss hätte ja wenigstens drin sein können.

Ich lächelte. Pia hätte Jannis bestimmt nicht so einfach ohne Abschiedskuss und Erklärung davonkommen lassen.

Bis jetzt sind wir ja kein Paar. Das wäre mir auch zu schnell gegangen, wo ich jetzt darüber nachdenke. Ich muss erst mal den Kuss im Leuchtturm verarbeiten und dass ich überhaupt so mutig war. Wenn du mir heute früh gesagt hättest, dass ich Jannis küssen würde, hätte ich dir ’nen Vogel gezeigt. Ich kriege heute Nacht bestimmt kein Auge zu.

So war es dann auch. Meine Gedanken kreisten nur um Jannis, den Ausflug zum Leuchtturm und um den Kuss. Ich war total aufgekratzt und kein bisschen müde. Durch meinen Körper strömte Adrenalin, das jedem einzelnen Schlafhormon den Garaus machte.

Als die Sonne aufging, stellte ich die Alarmfunktion meines Weckers aus. Ich konnte eh nicht schlafen. In drei Stunden würde ich Jannis wiedersehen – endlich! Stattdessen nutzte ich die Zeit für eine ausgiebige Dusche und um mich zu stylen. Nicht auffällig, aber trotzdem ein bisschen mehr als sonst. Schließlich wollte ich Jannis gefallen. Mehr denn je.

Nach dem Frühstück lief ich wie immer zu der Tischtennisplatte vor dem Sonnenhaus, wo Rike schon auf mich wartete. Mein Fuß schmerzte wieder etwas, was ich auf das Treppensteigen im Leuchtturm zurückführte.

»Guten Morgen.« Ich versuchte, möglichst so wie immer zu sein, als hätte der gestrige Abend im Leuchtturm nicht stattgefunden. Rike wusste wahrscheinlich noch nichts von dem Date und dem Kuss – es sei denn, Jannis hatte ihr davon erzählt, so wie ich Pia. Davon ging ich aber nicht aus. Deswegen war ich mir aber auch nicht sicher, ob Jannis damit einverstanden gewesen wäre, wenn ausgerechnet ich ihr davon erzählt hätte.

»Moin! Du strahlst ja wie ein Honigkuchenpferd«, empfing sie mich. »Hast du heute Geburtstag oder so?«

Rike schien tatsächlich ahnungslos zu sein.

»Nein, habe ich nicht.« Ich war eine wahrlich schlechte Schauspielerin, wenn Rike auf den ersten Blick sah, was mit mir los war.

»So gut möchte ich auch mal vor der ersten Stunde bei John the Ripper drauf sein.«

»Ach, bin ich gar nicht. Hab mich nur gefreut, dich zu sehen«, sagte ich nur die halbe Wahrheit. »Außerdem hat Lea letzte Nacht in der Scheune vom Pferdehof geschlafen. Wahrscheinlich bin ich einfach bloß entspannt.«

»Ach, deswegen. Und ich dachte schon, es hätte was mit Jannis' Brief zu tun«, bemerkte sie und sah mich erwartungsvoll an.

»Nee«, murmelte ich und versuchte, dabei nicht rot zu werden.

»Was stand denn drin?«

»Och, er hat sich noch mal entschuldigt, wegen meinem Fuß und so«, sagte ich ausweichend.

»Dann ist jetzt zwischen euch wieder alles gut?«

»Klar. Längst vergeben und vergessen. Er hat sich ja entschuldigt und ich bin auch nicht nachtragend. Außerdem ist er echt nett.«

Rike schaute an mir vorbei. »Wenn man vom Teufel spricht. Da kommt Jannis ja.«

Ich drehte mich um und schaute in die Richtung, in die Rike sah. Zwischen den anderen Schülern entdeckte ich Jannis' verwuschelte Haare. Mein Herz klopfte sogleich schneller und ich spürte wieder dieses aufgeregte Kribbeln in mir aufsteigen. Was würde wohl gleich passieren? Würde er mich zur Begrüßung in den Arm nehmen oder gar küssen? Und wie würde Rike darauf reagieren?

Jannis näherte sich dem Sonnenhaus. Er war heute ganz in Schwarz gekleidet, trug eine Umhängetasche, eine kurze Hose und ein Shirt mit weißem Anker-Aufdruck. Ich konnte nicht anders, als ihn anzustarren. Er sah einfach umwerfend aus.

Als er uns fast erreicht hatte, lächelte ich ihn erwartungsvoll an. Er erwiderte mein Lächeln zwar, grüßte jedoch bloß kurz und ging dann an mir und Rike vorbei.

»Dir auch einen guten Morgen, Jannis!«, rief Rike ihm noch hinterher.

Bevor er die Tür vom Sonnenhaus aufzog, drehte er sich noch mal zu uns um, lächelte wieder und verschwand in dem Gebäude.

»Da hat aber jemand schlechte Laune.«

Ich nickte bloß, presste die Lippen zusammen und versuchte, meine Enttäuschung über sein Verhalten vor Rike zu verbergen. Das Zusammentreffen mit ihm hatte ich mir nach dem gestrigen Tag anders vorgestellt. Hatte ihm der Kuss vielleicht gar nichts bedeutet?

»Na, los. Zeit für Englisch. Lass uns zum Lernraum gehen«, sagte Rike und sprang von der Tischtennisplatte.

Ich trottete ihr wie ein begossener Pudel hinterher. Die positive Energie, die bis vor ein paar Minuten noch in jeder Faser meines Körpers gesteckt hatte, war einer völligen Leere und Verständnislosigkeit gewichen. Was war nur los mit Jannis?

Während des Englischunterrichts zermarterte ich mir das Hirn darüber. Warum war er nur so kurz angebunden gewesen? Hatte ich vielleicht etwas falsch gemacht? War es ihm womöglich unangenehm, dass ich ihn geküsst hatte? Ich schaute zur ersten Reihe, wo Jannis saß. Je mehr ich grübelte, desto klarer wurde mir, dass ich die Antwort nur erfahren würde, wenn ich ihn darauf ansprach. Alleine.

»Ich laufe mal schnell zum Deichhaus, um zu gucken, ob Lea wieder da ist«, sagte ich in der Pause zu Rike. Wieder eine Notlüge. In Wirklichkeit brauchte ich nur einen Grund, um Jannis alleine folgen zu können, der gerade um die Ecke in Richtung Deichhaus bog.

»Okay, dann esse ich meine Schokoriegel alleine«, antwortete Rike und löste das Silberpapier von der Süßigkeit.

»Lass mir einen übrig. Ich beeile mich!«

Eilig bog ich um die Ecke. Ich entdeckte Jannis in einiger Entfernung vor mir, wie er den Weg zum Deich einschlug. Ich beeilte mich, um ihn nicht aus den Augen zu verlieren.

Als ich auf dem Seedamm ankam, schaute ich mich suchend nach ihm um. Ich erspähte ihn links vor mir und lief ihm nach, bis zu einem alten Backsteinleuchtturm, der direkt auf dem Deich stand. Jannis hatte sich auf eine der Bänke gesetzt, die den Turm umgaben. Er schaute in die entgegengesetzte Richtung und bemerkte dadurch nicht, dass ich mich ihm näherte.

»Hi«, sprach ich ihn von der Seite an.

Er drehte leicht den Kopf in meine Richtung und dann wieder zurück. »Hi«, sagte er leise.

Ich nahm meinen ganzen Mut zusammen. »Kann es sein, dass du mir aus dem Weg gehst?«

»Quatsch. Ich gehe niemandem aus dem Weg. Und dir schon gar nicht. Ich möchte hier einfach nur einen Moment in Ruhe sitzen«, erklärte er und betonte dabei jedes Wort. Dabei schaute er ausdruckslos nach vorne, statt mich anzusehen.

Ich blinzelte gegen meine aufsteigenden Tränen an und versuchte, den Kloß in meinem Hals herunterzuschlucken. Ich war so enttäuscht.

»Okay«, brachte ich hervor, machte auf dem Absatz kehrt und lief den Weg zum Nordsee-Internat zurück. Ich verstand die Welt nicht mehr. Was war nur geschehen? Gestern hatten wir uns so gut verstanden und ein romantisches Date auf dem Leuchtturm gehabt. Und heute behandelte Jannis mich, als hätte es den gestrigen Tag nicht gegeben. Ich konnte mir keinen Reim darauf machen. Ich wusste nur, dass ich mich hundeelend fühlte.

»Du siehst wie ein Geist aus. Ganz weiß im Gesicht. Bist du krank?«, empfing mich meine Schwester, die von ihrem Pferdehofabenteuer wieder zurück war, in unserem Zimmer.

»Ja. Mir geht es gar nicht gut.« Ich ließ mich kraftlos

aufs Bett fallen. »Kannst du Mister Walsh Bescheid sagen, dass ich mich krank fühle?«

Den restlichen Tag verbrachte ich auf unserem Zimmer. Ich hatte noch nicht einmal Lust, am Abendbrot teilzunehmen. Lea brachte mir etwas zu essen aufs Zimmer und Tom, unser Betreuer, fragte vor dem Schlafen nach, ob er nicht besser einen Arzt rufen sollte. Da ich wusste, warum es mir so schlecht ging, und ein Arzt kein körperliches Leiden bei mir hätte feststellen können, wimmelte ich ihn mit der Erklärung ab, dass ich eine Laktoseintoleranz und wohl was Falsches gegessen hätte – dabei hatte mir etwas ganz anderes auf den Magen geschlagen. Ich musste ihm noch versprechen, Bescheid zu sagen, falls es mir schlechter ging. Damit gab er sich zufrieden und verließ unser Zimmer.

Nach einer traumlosen Nacht fühlte ich mich besser und ging wieder zum Unterricht. Außerdem hatte ich heute Nacht den Entschluss gefasst, noch mal mit Jannis zu reden. Vielleicht hatte seine schlechte Laune von gestern gar nichts mit mir zu tun gehabt und heute war wieder alles in Butter. Ich hoffte, dass sich alles als ein großes Missverständnis herausstellen würde, worüber wir am Ende lachen konnten.

Doch meine Hoffnungen wurden schon bald im Keim erstickt. Als ich Jannis nach Unterrichtsende an seiner Vespa abpasste und versuchte, mit ihm ein Gespräch anzufangen, war er wieder kurz angebunden. Er wich mir regelrecht aus.

»Sorry, ich muss mich beeilen. Mein Onkel wartet schon auf mich«, sagte er. »Wir sehen uns.«

Er ließ den Motor an und ich blickte ihm hinterher, bis seine Vespa um eine Straßenecke verschwand.

9

Am nächsten Tag hatten wir unterrichtsfrei und ich verzog mich nach dem Mittagessen gleich wieder auf unser Zimmer. Lea hatte eine Theoriestunde mit anschließendem Springtraining auf dem Pferdehof und ich war mit Pia zum Chatten verabredet, die nach wie vor mit ihrer Cousine in Rimini urlaubte.

Was gibt es denn Neues von Mister Doof?, fragte meine beste Freundin direkt.

Drei Zettel mit Übungen zum Reported Speech habe ich heute früh gemacht und wir sollen noch ein Comment zum Thema School Uniforms schreiben. Der totale Drill! Aber dafür haben wir wenigstens bis Montag Zeit bekommen. Gott sei Dank ist heute Samstag!

Nein, doch nicht dein Englischlehrer! Ich meine doch Jannis!!!

Obwohl ich nach wie vor mies drauf war, wegen Jannis, musste ich laut lachen. Mister Doof. Der Name passte tatsächlich besser zu ihm als zu Mister Walsh.

Nicht viel. Er wimmelt mich ständig ab. Sein letzter Spruch war, dass er keine Zeit zum Reden hat, weil sein Onkel auf ihn wartet. Sein Verhalten hat mich echt verletzt.

Ist echt obermies von ihm! Und was hast du nun vor?, wollte Pia wissen.

Nichts.

Nichts?

Nö. Was sollte ich auch tun? Ich warte jetzt ab, bis er wieder auf mich zukommt.

Ich drücke dir die Daumen, dass Mister Doof möglichst schnell wieder normal wird. Aber Themawechsel. Was steht denn bei dir so an diesem Wochenende an? Wir gehen heute Abend in einen Club, in dem ein Dance-Contest stattfindet.

Ich seufzte leise auf, als ich Pias Nachricht las. Obwohl St. Peter-Ording wirklich nicht so schrecklich war, wie ich gedacht hatte, wäre ich immer noch gerne mit meiner besten Freundin in Italien.

Das wird bestimmt gut. Rike hat mich gefragt, ob ich Lust habe, am Abend zu einem Strandfest ihrer Clique mitzukommen. Das findet an einem dieser berühmten Pfahlbauten von St. Peter-Ording statt. Hört sich ganz cool an und ist eine willkommene Abwechslung zum Englischunterricht und meinen Gedanken wegen Jannis.

Dann hoffe ich mal, dass du bei dem Strandfest wenigstens auf andere Gedanken kommst und dir spontan ein hübscher Surfer über den Weg läuft, mit dem du heftig flirten kannst.

Ich grinste und antwortete: Das wäre mal eine Maßnahme!!!

Nach dem Abendessen öffnete ich den Kleiderschrank und schnappte mir mein Waschzeug und mein geblümtes Sommerkleid. Bisher hatte sich noch keine Gelegenheit ergeben, das Kleid in St. Peter-Ording zu tragen. Die Strandparty schien mir der ideale Anlass dafür zu sein.

»Du kannst auch mit mir und Klara zum Lagerfeuer kommen, wenn du willst«, bot mir meine Schwester an. »Wir wollen Stockbrot machen.«

»Das würde ich ja liebend gerne, aber ich habe doch Rike schon zugesagt, mit ihr zum Strand zu gehen. Echt voll lieb von dir, dass du mir das anbietest«, antwortete ich.

Meine Schwester war ein richtiges Herzchen. Manchmal jedenfalls. Nicht dass ich es ernsthaft in Erwägung gezogen hätte, mit der versammelten Reiterfraktion abends Lieder singend um ein Lagerfeuer zu sitzen und Stockbrot zu rösten. Doch Leas Angebot war wirklich nett und rührte mich ein wenig.

»Wenn es am Strand doof sein sollte, dann kannst du ja noch nachkommen«, meinte sie.

»Okay«, versprach ich ihr und verließ mit meinen Sachen das Zimmer, um mich fertig zu machen.

Ich war mit Rike um halb acht vor der Open-Air-Bühne vom Dünen-Hus, einem großen Veranstaltungshaus, an der Seebrücke verabredet.

Wieder fuhr ich mit dem Rad über den Deich, den Weg kannte ich zum Glück. Beim letzten Mal, als ich diesen Weg entlanggefahren war, war ich total aufgeregt gewesen, Jannis zu sehen, und ahnte nicht, dass ich ihn später auf einem Leuchtturm küssen würde. Kopfschüttelnd vertrieb ich die Gedanken an Jannis sofort wieder, ich wollte mir das Strandfest nicht verderben lassen.

Rike erwartete mich bereits am Dünen-Hus. Ich hatte mich bloß um ein paar Minuten verspätet. Von der Open-Air-Bühne aus ging es weiter über den Deich nach Norden. Die Party stieg an einem Pfahlbau am Ordinger Strand, dem nördlichsten Zipfel von St. Peter-Ording. Wir fuhren nebeneinanderher und quatschten über dies und das. Rike erwähnte Jannis mit keiner Silbe und ich war ihr ungemein dankbar dafür.

»Warum steigt die Party eigentlich ausgerechnet in Ording?«, wollte ich wissen. »Pfahlbauten gibt es doch überall am Strand.«

»Das schon, aber die Badestelle Ording ist der größte und beliebteste Strandabschnitt in St. Peter. Und der coolste sowieso. Nicht so spießig wie zum Beispiel im Ortsteil Bad, wo viele Kurgäste unterwegs sind. In Ording treffen sich alle Surfer und Kiter. Überall stehen Bullis rum und im Sommer starten dort die genialsten Sport- und Musik-Events.«

Wir fuhren vom Deich auf einen Fahrradsteg, der direkt bis zum Strand verlief.

»Die Strecke bis zum Pfahlbau müssen wir die Räder schieben«, sagte Rike und sprang vom Rad.

»Okay.« Ich war froh, dass ich mir meine Jeansjacke übergezogen hatte, denn trotz der sehr warmen Temperaturen tagsüber wehte am Strand eine frische Brise.

Eine Gruppe von etwa 20 Jugendlichen hatte sich um ein Lagerfeuer an einem Pfahlbau versammelt. Rike und ich lehnten unsere Räder gegen eine Stelze des Holzbaus. Dann gingen wir zu den Leuten, die Rike mit Umarmungen und Küssen begrüßte. Ich kannte niemanden hier, was ich jedoch erleichtert zur Kenntnis nahm. Unterschwellig hatte ich die Befürchtung gehabt, Jannis könnte auch bei der Strandparty anwesend sein. Doch von ihm fehlte glücklicherweise jede Spur, sodass ich mich immer mehr entspannte und auf einen schönen Abend freute.

»Das ist Luk. Mein Freund«, stellte Rike mir einen durchtrainierten Typen vor und küsste ihn auf den Mund. »Das ist Emma. Meine Leidensgenossin bei John the Ripper«, machte sie mich mit ihm bekannt.

Luk schüttelte mir die Hand. »Super, dass du heute hergekommen bist«, hieß er mich willkommen. Er passte optisch total zu Rike. Luk war so was wie ihr männliches Gegenstück: ebenfalls braun gebrannt, längere, durch die Sonne und das Salzwasser ausgeblichene Haare und im typischen Surferstyle gekleidet. Er hatte freundliche Augen, die stets zu lachen schienen. »Ich muss mal wieder rüber zu Marc. Am Grill ist meine Unterstützung gefragt.«

Rike schaute ihm nach. »Das hat er davon – als Koch. Da muss er sogar in seiner Freizeit ran.«

»Oh, er ist Koch?«, fragte ich erstaunt. Von meinen Freunden befand sich niemand in einer beruflichen Ausbildung, sie gingen alle noch zur Schule.

»Er lernt es gerade. In dem Hotel seiner Eltern. Aber seine Freizeit verbringt er fast ausschließlich auf dem Surfbrett. Das ist seine wahre Leidenschaft. Das Meer, der Strand und die Wellen.«

»Ihr scheint echt gut zusammenzupassen.«

»Wir kennen uns ja auch in- und auswendig. Schon seitdem wir im Sandkasten gespielt haben. Unser ganzes Leben irgendwie.«

»Wow! Das ist echt cool.«

Rike lächelte. »Ist es auch. Na komm. Wir gehen zu den anderen. Schließlich muss ich dich meinen Leuten noch vorstellen.«

Rikes Freunde waren durch die Bank supernett. Jeder von ihnen hatte ein freundliches Wort für mich übrig und ich kam völlig unkompliziert mit ihnen ins Gespräch. Ich fühlte mich gleich herzlich in die Clique aufgenommen und wurde sofort in die Vorbereitung des Essens einbezogen. Zusammen mit Rike und ihrer Freundin Svenja schnibbelte ich im Pfahlbau Tomaten und Zwiebeln für einen Salat klein, machte Gemüsespieße fertig und mischte nichtalkoholische Fruchtcocktails. Dazu hörten wir chillige Musik, die aus einem Ghettoblaster kam, und tanzten ausgelassen durch das Holzhaus. Als wir später zusammen um das knisternde Lagerfeuer herumsaßen, dabei aßen und tranken, fühlte ich mich wie im Urlaub. So ungefähr musste sich die Italienreise für Pia anfühlen.

Marc, ein etwa achtzehnjähriger braunhaariger Typ, hatte sich neben mich gehockt und erzählte mir lustige Geschichten, die er bei seinem Job als Schwimmmeister mit Badegästen erlebt hatte. Dabei flirtetete er auch ein wenig mit mir und lud mich ein, ihn in der Dünen-Therme besuchen zu kommen oder mich mit ihm mal auf ein Surfbrett zu wagen.

Ich hatte meinen Kummer wegen Jannis fast vergessen, als Rike auf einmal in die Runde sagte: »Schaut mal! Da kommen noch zwei Nachzügler.«

Die Köpfe der Leute drehten sich in die Richtung, aus der sich Gestalten dem Pfahlbau näherten. Es dämmerte bereits und so konnte ich bloß schemenhafte Bewegungen ausmachen. Kurze Zeit später tauchten zwei Personen am Lagerfeuer auf.

Im flackernden Licht des Feuers konnte ich die Gesichter der Ankömmlinge erkennen. Vor Schreck hätte ich mich fast an einem Stück Paprika von meinem Gemüsespieß verschluckt. Es war Jannis! In Begleitung eines rothaarigen Mädchens, das mir schon mal auf dem Pferdehof begegnet war. Mein Puls beschleunigte sich und ich hatte mit einem Mal keinen Hunger mehr. Mich ärgerte es, dass Jannis nach wie vor solch eine Wirkung auf mich hatte, obwohl er mich nicht gerade freundlich behandelt hatte. Eigentlich gab es keinen Anlass für mein starkes Herzklopfen. Und auch keinen Grund, weswegen ich nicht in der Lage war, meinen Blick von ihm abzuwenden.

Jannis stand im Schein des Lagerfeuers. Er trug eine ausgewaschene Jeans, dazu ein schlichtes weißes Shirt. In seiner rechten Hand hielt er eine Gitarre. Sein verwuscheltes blondes Haar schimmerte golden im Feuerschein und seine Augen leuchteten wie tiefblaue Aquamarine.

Ich zwang mich, woanders hinzuschauen und mir nichts davon anmerken zu lassen, was gerade in mir vorging. Jannis sollte bloß nicht denken, dass mich sein Auftauchen in irgendeiner Form berührte.

»Ihr seid zwar spät dran, aber noch rechtzeitig zum Essen«, verkündete Luk, der eine Grillzange in der Hand hielt. »Fisch, Fleisch und Veggie-Spieße habe ich im Angebot.«

Während Jannis und die Rothaarige Luk zum Grill folgten und Marc sich zu einer Gruppe Surferkumpels gesellte, hatte ich alle Hände voll damit zu tun, den unerwarteten

Auftritt zu verdauen. Jannis hatte mich bisher keines Blickes gewürdigt. Ich fragte mich, ob er mich schlicht und ergreifend nicht gesehen oder bewusst übersehen hatte.

Im Laufe des Abends kam ich jedoch zu der Erkenntnis, dass er mich absichtlich ignorierte. So oft, wie er in meine Richtung und gleichzeitig durch mich hindurchgesehen hatte, müsste er schon blind wie ein Grottenolm sein, um mich nicht bemerkt zu haben.

Dafür entging mir nicht, dass die Rothaarige, die im übrigen Jil hieß, wie Kaugummi an seiner Seite klebte. War sie vielleicht der Grund für sein plötzliches abweisendes Verhalten mir gegenüber? Waren die beiden ein Paar? Aber was sollte dann die Sache mit dem Leuchtturm? Ein Junge lud doch kein Mädchen auf die Plattform eines Leuchtturms ein, um ihr die Landschaft und das Meer zu zeigen, wenn er erstens kein Interesse und zweitens eine Freundin hatte – vor allem, wenn er dies auch noch heimlich tat und Gefahr lief, von dem Leiter der Schutzstation erwischt zu werden. Das war doch völlig unlogisch. Oder?

Während Rike mir spannende Geschichten übers Strandsegeln erzählte und ich so tat, als würde ich ihr zuhören, fuhren meine Gedanken und Gefühle Achterbahn. Mein Kopf sagte mir eindeutig, dass ich Jannis besser vergessen sollte. Doch da gab es noch mein Herz, das lautstark gegen meine Vernunft protestierte.

Als die Sonne untergegangen und das Lagerfeuer die einzige Lichtquelle am Strand war, schnappte sich Jannis seine Gitarre und spielte einige Akkorde. Aus den Akkorden wurde eine mir bekannte Melodie und schließlich begann er zu singen.

Mir wurde heiß und kalt gleichzeitig. Das gab es doch nicht! Jannis sang meinen absoluten Lieblingssong – *Too much to ask* von Niall Horan! Dies tat er mit geschlossenen Augen und so gefühlvoll, dass ich nicht zu atmen wagte. Der Klang seiner Stimme jagte eine Gänsehaut nach der anderen über meine Haut und der Songtext traf mich direkt ins Herz. Es fühlte sich so an, als würde Jannis von uns singen.

Erst als der letzte Ton verklungen war, öffnete Jannis wieder seine Augen. Unsere Blicke trafen sich für eine Millisekunde und für diesen Moment schien die Welt stillzustehen. Dann applaudierte die Strandclique und forderte lauthals eine Zugabe, wodurch der Bann gebrochen wurde.

Jannis stimmte daraufhin ein schnelleres Stück von Sunrise Avenue an, das Rike und die anderen begeistert mitsangen. Ich hingegen starrte gedankenverloren in die züngelnden Flammen, die heiß in meinem Gesicht brannten. Obgleich Jannis sich mir gegenüber alles andere als freundlich verhielt, konnte ich nicht verhindern, dass er mein Herz berührte und erneut tiefe Sehnsucht in mir weckte, was es nur noch schwerer machte, dass er scheinbar nichts mit mir zu tun haben wollte.

10

Haben Mister Doof und diese Jil denn Händchen gehalten oder sich geküsst?, fragte Pia, nachdem ich ihr von dem Abend am Strand erzählt hatte.

Nee. Sie hing nur den ganzen Abend wie eine Klette an ihm. Aber mit ihr hat er wenigstens geredet.

Der Typ ist echt merkwürdig und sein Verhalten äußerst mysteriös. Aber eigentlich sind ja alle Jungs komisch. Muss an den Genen liegen.

Ich dachte kurz über Pias Behauptung nach, bevor ich zurückschrieb.

Jannis hat dann wohl besonders exotische Gene abgekriegt. Aber mal im Ernst, je länger ich über die ganze Sache nachdenke, umso mehr beschleicht mich der Verdacht, dass es einen anderen Grund für sein Verhalten geben muss. Du hättest ihn mal am Strand erleben sollen, wie er Gitarre gespielt und gesungen hat … mit so viel Gefühl … er kann einfach kein Idiot sein!

Davon war ich fest überzeugt.

Nehmen wir mal an, Mister Doof ist wirklich kein Idiot, aber er verhält sich weiterhin wie einer, wie willst du als angehende

Hobbypsychologin herauskriegen, dass er keiner ist?, wollte sie wissen.

Ich werde der Sache auf den Grund gehen und mich nicht mehr von seinem abweisenden Verhalten abschrecken lassen, antwortete ich Pia entschlossen. Dann werde ich schon früher oder später rausfinden, was mit dieser Jil läuft oder eben auch nicht. Und ob er nicht doch ein totaler Idiot ist, der meiner Zeit nicht würdig ist, fügte ich hinzu, um ihr zu signalisieren, dass ich nicht völlig betriebsblind war und die Idiotentheorie nicht gänzlich ausschloss.

Mein Plan stand fest. Ich würde mich nicht länger von Jannis' Verhalten ins Bockshorn jagen lassen. Was am Ende herauskommen würde, konnte niemand mit Sicherheit wissen. Doch mein Gefühl sagte mir, dass die Wahrheit im Verborgenen lag und es sich lohnte, ihr auf den Grund zu gehen.

Es stellte sich heraus, dass Mister Walsh ein Faible für Gruppenarbeiten hatte. Während des Unterrichts wurde er es nicht müde, uns Aufgaben zu geben, die wir meistens zusammen mit unserem Banknachbar lösen sollten.

»Alright, now this project will require you to work on a presentation. This box contains slips of paper with certain topics.« Er zeigte uns einen Schuhkarton, in dem sich zusammengefaltete Zettel befanden. »Each topic deals with places in England, Australia or the United States of America. I want you to partner up with three or four students and work on your presentation. At the end you have to present your topic in front of the course.«

Einige Kursteilnehmer standen sofort von ihren Plätzen

auf, wobei sie geräuschvoll ihre Stühle über den Boden schoben, und suchten sich Partner für die Gruppenaufgabe. Mister Walsh ließ indessen den Karton mit den Kärtchen herumgehen, damit jede Gruppe ihr Thema ziehen konnte.

Ich stöhnte leise auf. »Mündliche Vorträge auf Englisch ... na, super! Genau das, was mir am wenigsten liegt.«

»Dann sei froh, dass es eine Gruppenarbeit ist und du nicht alleine den Vortrag halten musst«, meinte Rike.

»Das auf jeden Fall!«, stimmte ich ihr zu. »Du wirst mich schon retten.«

»Wieso ich? Englische Vorträge waren noch nie mein Ding, wie so ziemlich alles, was auf Englisch ist.«

Ich schlug die Hände vor mein Gesicht. »Dann sind wir verloren und werden uns bestimmt bis auf die Knochen blamieren. Bleibt nur zu hoffen, dass wir nicht von Mister Walsh den Titel ›Top Losers of the English Camp‹ verliehen bekommen.«

»Das wird nicht passieren. Es gibt doch noch Jannis«, sagte Rike und winkte ihm zu, damit er zu uns kam.

»Wieso Jannis?«, fragte ich verständnislos.

»Mündlich ist er in Englisch gar nicht so übel«, erklärte Rike. »Hey, Jannis, kommst du zu uns in die Gruppe?«

Er lehnte sich von der anderen Seite gegen unseren Tisch. »Klar, wenn ihr die Texte schreibt«, sagte er locker und grinste uns an, als hätte es den Abend am Lagerfeuer nie gegeben, bei dem ich Luft für ihn gewesen war.

»Das kriegen wir schon irgendwie hin. Oder, Emma?« Rike knuffte mich in die Seite.

»Äh ... ja, vermutlich. Irgendwie«, antwortete ich und

überlegte, was ich von Jannis halten sollte. Sein Verhalten war so wechselhaft wie das Wetter an der Nordsee.

»Dann wollen wir mal sehen«, sagte Rike und nahm den Schuhkarton von einem Mitschüler entgegen. »Wer möchte Glücksfee spielen?«

Jannis hob abwehrend die Hände. »Ladies first.«

»Dann musst du das Thema ziehen, Emma. Ich möchte nicht für unser mögliches Unglück verantwortlich sein. Ich habe nämlich das außergewöhnliche Talent, bei solchen Dingen immer ins Fettnäpfchen zu treten.«

»Ich weiß zwar nicht, ob ich mich besser anstelle als du, aber irgendwer muss es ja tun.« Ich zwinkerte Rike zu und brachte mit meiner Hand die Zettel in dem Karton durcheinander. Schließlich griff ich nach einem Blatt und hielt es Jannis unter die Nase. »Tadaaa!«

»Da bin ich mal gespannt.« Rike reichte den Karton zur nächsten Gruppe weiter.

Jannis nahm den Zettel und faltete ihn auf. »Wow. Emma hat das große Los für uns gezogen.« Er drehte grinsend den Zettel um. »Life in California. Eine Präsentation über das amerikanische Surferparadies.«

»Nicht schlecht.« Rike hob anerkennend die Augenbrauen. »Dazu sollte uns was einfallen.«

»Ein Glück, dass ich nicht das Leben eines Schäfers in den schottischen Highlands gezogen habe«, scherzte ich.

»Das hätte dann wohl eher ich aus der Kiste herausgefischt«, bemerkte Rike lachend. »Oder gleich das Leben eines Schafs.«

Nachdem jede Gruppe ein Thema gezogen hatte, gingen wir in die Schulbibliothek, wo uns neben Büchern auch

Computer mit Internetzugang und Drucker zur Verfügung standen. Rike, Jannis und ich setzten uns an einen Computer und recherchierten für unser Referat.

»Über Disneyland und den Walk of Fame würde ich gerne etwas schreiben«, schlug ich vor.

»Steamer Lane in Santa Cruz darf auch auf keinen Fall fehlen. Das ist der berühmteste Surfspot und place to be für jeden Surfer in Kalifornien«, sagte Jannis.

»Coole Idee!« Rike tippte »Steamer Lane« in die Suchmaschine.

»Hört sich interessant an«, gab ich meinen Kommentar dazu ab, wenngleich ich noch nie zuvor etwas von Steamer Lane und dem Ort Santa Cruz gehört hatte und mich zunehmend ausgeschlossen fühlte. Während der Gruppenarbeit redete Jannis nämlich ausschließlich mit Rike, was ihr aber scheinbar nicht auffiel. Bei allem, was er sagte, schaute er sie an und übersah mich geflissentlich, wie er es schon beim Lagerfeuer am Strand getan hatte.

Trotzdem bemerkte ich, wie er mich beobachtete. Als ich mit einem Buch über Kalifornien zu unserem Arbeitsplatz zurückkam, schaute er mir schon entgegen und setzte sich an den Tisch neben mich, um einen Blick in das Buch werfen zu können, obwohl neben Rike auch ein Platz frei gewesen wäre.

Sein widersprüchliches Verhalten verwirrte mich, schreckte mich aber nicht ab, sondern stachelte meinen Ehrgeiz weiterhin an, ihn aus der Reserve zu locken und hinter die Wahrheit für sein Benehmen zu kommen.

Die nächste Gelegenheit dafür bot sich mir am Abend bei einer Zusammenkunft der Clique am Ordinger Strand. Nach über zwei Wochen in St. Peter-Ording kannte ich mich inzwischen ziemlich gut aus im Ort und war nicht mehr darauf angewiesen, dass Rike mich am Dünen-Hus abholte. Die Clique hatte sich für 19 Uhr an ihrem Stammpfahlbau verabredet, sodass ich direkt nach dem Abendessen aufbrach.

Es war wieder ein sonniger und warmer Sommertag gewesen, der mit angenehmen Abendtemperaturen ausklang. Rike wartete an der Zufahrt zum Ordinger Deichparkplatz auf mich.

»Moin!«, rief sie mir entgegen, als sie mich sah.

»Moin!« Inzwischen schaffte ich es sogar, nahezu pünktlich an verabredeten Orten zu sein. Pia wäre stolz auf mich gewesen.

»Hast du schon die Arbeitsblätter für morgen bearbeitet?«, fragte Rike, während wir unsere Räder nebeneinander zum Strand schoben.

»Bis auf zwei Aufgaben schon. Den Rest wollte ich später noch machen.«

Rike seufzte. »Ich finde die Aufgaben dieses Mal extrem schwer.«

Ich nickte zustimmend. »Frei nach dem Motto, man wächst mit seinen Aufgaben. Trotzdem habe ich das Gefühl, dass ich in der kurzen Zeit im Englischcamp bereits eine Menge gelernt und auch tatsächlich verstanden habe. Das lässt mich für die Nachprüfung in Englisch hoffen.«

»Fall lieber nicht durch, John the Ripper bringt es sonst

fertig, persönlich an deiner Schule vorbeizukommen und dir eine Standpauke zu halten. Von wegen expectations und so.«

»Dann sollte ich die Nachprüfung besser bestehen, um nicht in diesen zweifelhaften Genuss zu kommen«, erwiderte ich lachend.

»Besser ist das. Wie weit bist du denn mit deinem Text über Disneyland?«

»Den habe ich fast fertig. Müsste ich morgen eventuell noch um ein paar Sätze ergänzen und danach knöpfe ich mir den Walk of Fame vor.«

»Gut, dass wir für unsere Präsentation ein paar Tage Zeit haben«, fand Rike. »Wir haben so viele Infos zu Santa Cruz und den Surfspots, da muss ich erst einmal schauen, was ich davon überhaupt brauche.«

Ich blinzelte, weil die tief stehende Sonne mich von der Meerseite aus blendete. »Na ja, besser zu viel als zu wenig. Hauptsache, Jannis trägt den Großteil davon vor.«

»Das wird er schon machen. Dafür machst du ja mehr am Text.«

»Dann ist ja gut.«

Wir kamen um kurz vor sieben am Pfahlbau an. Das Lagerfeuer brannte schon und einer der Jungs hatte einen Ghettoblaster mitgebracht, aus dem chillige Housemusik erklang. Es fehlten noch ein paar Leute von der Clique. Luk musste bis 20 Uhr im Hotel seiner Eltern arbeiten und Jannis glänzte bislang auch durch Abwesenheit.

Dafür war Jil anwesend, die zusammen mit Marc Handstand übte und mich nicht weiter beachtete. Sobald Marc ihre Beine losließ, verlor Jil jedes Mal das Gleichgewicht und plumpste in den Sand, wobei sie laut kreischte. Als Marc uns entdeckte, winkte er uns zu.

»Jil zieht mal wieder ihre Show ab«, kommentierte Rike das Schauspiel. »Das tut sie gerne.«

Ich zog die Augenbrauen hoch. »Nennt man so was nicht Aufmerksamkeitsdefizit?«

»Jap. Bei vier Geschwistern ist ihr wohl auch gar nichts anderes übrig geblieben, als aufzufallen, wenn sie nicht übersehen werden wollte.«

Wir schwiegen und beobachteten das Theater noch eine Weile. Inzwischen kamen immer mehr Leute aus der Clique am Pfahlbau an. Ein Mädchen brachte einen Korb mit verschiedenen Früchten mit, zwei Jungs jeweils einige Kisten Cola, ein Pärchen hatte Grillwürstchen organisiert. Jeder steuerte etwas bei. In meinem Rucksack befanden sich ein paar Tüten mit Knabberzeugs, die ich auspackte und auf einem Tisch ablegte.

Marc hatte wohl das Interesse an Jils Theater verloren und gesellte sich zu uns. »Na, wie sieht es aus? Hast du Lust auf einen kleinen Surftrip?«, sprach er mich an.

»Wie? Jetzt?«, fragte ich erstaunt

»Klar! Der Wind steht gut und es ist noch hell genug, um ein halbes Stündchen aufs Wasser zu gehen.«

»Aber ich habe doch gar keine Surfsachen.«

»Kein Problem. Surfausrüstung ist genügend im Container.« Er zog einen Schlüssel hervor. »Komm einfach mit.«

»Viel Spaß. Marc ist ein toller Surflehrer«, machte Rike mir Mut. »Wir sehen uns dann zum Essen.«

Wir stiegen die Treppen zu einem kleineren Pfahlbau hoch, auf dem sich ein blauer Container befand. Marc schloss ihn auf und drückte die schwere Metalltür auf, die dabei laut quietschte.

Er zeigte auf ein Regal. »Hier sind die Anzüge. Da müsste auch einer in deiner Größe dabei sein. Wenn du umgezogen bist, komm einfach runter. Ich mache inzwischen ein Brett fertig. Heute surfen wir zusammen auf einem, damit du mal Surfluft schnuppern kannst und nicht die meiste Zeit unter Wasser verbringst, okay?« Er zwinkerte mir zu und verschwand nach draußen.

Nachdem ich einen passenden Neoprenanzug gefunden und mich im Container umgezogen hatte, ging ich wieder runter zum Strand. Dort wartete Marc auf mich. Er hatte schon das Segel auf das Surfbrett montiert.

»Bist du startklar?«

»Ich weiß nicht ...« Ich lächelte ihn unsicher an.

»Keine Sorge, ich bin ja bei dir. Kann nichts passieren.« Er schob das Surfbrett ins Wasser und half mir beim Aufsteigen. »Halte dich einfach fest. Den Rest mache ich.« Er schwang sich hinter mir aufs Surfbrett und schon glitten wir über die ersten Wellen.

Gischt wurde vom Wind aufgewirbelt und spritzte an meinem Körper empor. Das Wasser schmeckte salzig auf meinen Lippen. Obwohl ich zuvor noch nie auf einem Surfbrett gestanden hatte, machte es mir richtig Spaß. Ich fühlte mich sicher mit Marc im Rücken, hatte Vertrauen zu ihm. Ich merkte, dass er den Ritt auf dem Brett mit schlafwandlerischer Sicherheit beherrschte, und ließ mich völlig auf die Fahrt über das Wasser ein und vergaß für eine Weile alles um mich herum.

»Schade, dass es schon vorbei ist«, sagte ich, nachdem

wir wieder am Strand angekommen waren. »Ich wäre gerne noch ein bisschen länger mit dir gesurft.«

»Freut mich, dass es dir gefallen hat. Wir können das bald mal wiederholen«, erwiderte Marc lächelnd.

Ich half ihm, das Surfbrett auf den Strand zu ziehen.

»Ja, gerne. Gibst du denn auch richtig Unterricht? Also professionell, meine ich?«

»Nein, das nicht. Aber da vorne ist eine Surfschule. Die machen eigentlich immer Anfängerkurse. Beim Surfen ist es wichtig, dass man es von einem richtigen Surflehrer von der Pike auf lernt. Dazu gehören am Anfang auch einige Trockenübungen.«

»Werde ich mir überlegen«, sagte ich gut gelaunt. »Danke noch mal für den spontanen Ritt durch die Miniwellen.«

»Da nicht für.« Er lächelte mich an. »War mir ein Vergnügen.«

»Dann bis gleich zum Essen.« Ich verschwand wieder im Container, um mich umzuziehen, und gesellte mich dann zurück zu Rike.

Gegen halb neun tauchte auch Jannis am Pfahlbau auf. Er trug unter einem Arm in Papier eingewickelte Baguettes. Damit winkte er kurz Rike und mir zu und stellte sich dann zu Jil und Marc, die inzwischen zum Jonglieren mit vier Äpfeln übergegangen waren. Er stieg auf Jils Schauspiel voll ein, lachte jedes Mal, wenn sie einen Apfel fallen ließ, und feuerte sie beim Jonglieren an. Auch der Rest der Clique scharte sich nach und nach um Jil und Marc. Rike und ich standen weiterhin ein wenig abseits und guckten uns das Spektakel mit mäßigem Interesse an.

»In Wirklichkeit bin ich eine berühmte irische Seiltänzerin!«, rief Jil.

»Das wollen wir sehen!« Marc klatschte begeistert in die Hände.

»Genau. Lass uns deine Seiltanzkünste bewundern!«, pflichtete Jannis ihm bei.

»Kommt mit!« Jil lachte laut und warf dabei ihre roten Locken dramatisch nach hinten. Sie kletterte die Holztreppen vom Pfahlbau der Deutschen Lebens-Rettungs-Gesellschaft hoch, der abends nicht besetzt war, bis sie auf der kleinen Veranda vor dem Eingang stand. Die Clique folgte ihr. Rike und ich gesellten uns zögernd dazu.

»Die ist echt komplett durchgeknallt. Um jeden Preis muss sie im Mittelpunkt stehen«, raunte Rike mir zu.

»Scheint so.«

Jil kletterte in schwindelerregender Höhe auf die schmale Holzbalustrade und balancierte sie entlang, bis sie wieder am Treppenaufgang angelangt war.

Die Leute applaudierten ihr.

»Bravo!«, rief Jannis begeistert und bot ihr seine Hand an, um ihr vom Geländer herunterzuhelfen.

Ich spürte, wie Eifersucht in mir hochkroch, und schnaubte genervt auf.

»Willst du es auch mal probieren?«, fragte Jil mich, die meine Reaktion bemerkt hatte.

Alle Blicke richteten sich auf mich.

Ich reckte den Hals und hob mein Kinn. Jannis hatte die Arme vor seiner Brust verschränkt und schaute mich mit einem undefinierbaren Gesichtsausdruck an, aus dem ich nicht schließen konnte, was er von der Sache hielt.

Immerhin schenkte er mir nun seine Aufmerksamkeit und Jil war abgeschrieben.

»Warum nicht?«, sagte ich.

»Bist du verrückt geworden?«, zischte Rike mir zu. »Das Surfen mit Marc war eine bombensichere Sache, aber das hier ist einfach nur leichtsinnig.«

»Denk nicht, dass es so einfach ist«, meinte Jil in abfälligem Ton. Ihr gefiel es offensichtlich überhaupt nicht, dass ich ihr die Show stehlen wollte.

»Über so einen Balken kann doch jedes Kind balancieren«, entgegnete ich möglichst leichthin und ignorierte Rikes Einwand. »Das haben wir schon in der Grundschule im Sportunterricht gemacht.«

»Ich höre dich bloß reden. Dann zeig uns doch, wie toll du angeblich balancieren kannst. Vielleicht sogar mit verbundenen Augen?«, spottete Jil.

»Lass dich von ihr bloß nicht provozieren«, versuchte Rike mich noch mal zurückzuhalten. »Von der Veranda aus geht es mehr als fünf Meter in die Tiefe. Wenn du da runterfällst, ist nicht bloß dein Fuß verletzt.«

»Keine Sorge. Ich schaff das schon«, sagte ich selbstbewusst, obwohl ich das in Wirklichkeit gar nicht war. Vor Jil wollte ich nicht einknicken – und vor Jannis schon gar nicht. Ich zog meine Jeansjacke aus und drückte sie Rike in die Hand.

»Ich hoffe, du weißt, dass das eine totale Schnapsidee ist«, murmelte sie.

»Wird schon schiefgehen.« Ich stieg die restlichen Treppen bis zur Veranda hoch. Oben angekommen, wichen die Leute zur Seite, um mir Platz zu machen.

Diese Aktion war riskant. Keine Frage. Normalerweise war ich nicht lebensmüde und ging irgendwelche hirnverbrannten Mutproben ein, aber einen Rückzieher zu machen kam für mich erst recht nicht infrage. Ich zog meine Schuhe aus, löste den Knoten meines Haartuchs und verband mir damit die Augen. Ich tastete mich am hölzernen Geländer entlang, bis ich an dessen Ende angekommen war.

»Warte, ich helfe dir hoch«, hörte ich Marcs Stimme neben mir, was mich beruhigte und mir wieder ein Gefühl von Sicherheit gab. Dann spürte ich seine Hände an meinem Oberkörper. Er hob mich an und unter meinen nackten Fußsohlen ertastete ich den schmalen Balken, auf dem ich entlangbalancieren wollte. Ich hörte den Wind, der vom Meer kam, Möwengekreische über mir und das leise Tuscheln der umstehenden Leute, das wie ein Summen in meinen Ohren klang.

»Wenn du so weit bist, dann gib mir Bescheid«, sagte Marc.

Ich nickte kurz, nahm meine Schultern zurück und versuchte, die nötige Balance zu finden. Nach einer Weile fühlte ich mich sicher. »Okay. Bescheid.«

Marc ließ mich los. Ich breitete die Arme seitlich aus und ertastete mit meinen Füßen Zentimeter um Zentimeter auf dem Holzbalken. Zuerst lief es ganz gut und ich hatte das Gefühl, alles im Griff zu haben. Doch dann meldete sich mein Verstand zu Wort und übertönte meinen Mut. Ich musste daran denken, in welcher Höhe ich mich befand und wie leichtsinnig das Ganze war. Eine falsche Bewegung, und ich würde in die Tiefe stürzen.

Mein Atem ging mit einem Mal schneller und eine plötzliche Angst drückte meinen Brustkorb zusammen. Ich hatte das Gefühl, keine Luft mehr zu bekommen und alles um mich herum schien sich wie ein Karussell zu drehen. Wo war unten, wo war oben? Ich wusste es nicht mehr. In meinen Ohren rauschte es laut.

Ich schwankte, ruderte mit den Armen und versuchte verzweifelt, mein Gleichgewicht wiederzufinden. Doch keine Chance. Ich kippte nach links. In die Richtung, in der nichts war. Außer harter Sand in über fünf Metern Tiefe, auf dem ich hart aufschlagen und mir sämtliche Knochen brechen würde. Ich wollte schreien, aber auf einmal spürte ich einen rettenden Arm um meine Taille.

Marc. Dem Himmel sei Dank! Er war die ganze Zeit neben mir stehen geblieben, um im Notfall eingreifen zu können. Er hob mich vom Geländer runter und ich kam auf meinen Beinen, die sich anfühlten, als wären sie aus Gummi, zum Stehen.

Als ich die Augenbinde mit zittrigen Händen abnahm, blickte ich in Jannis' Augen, in denen ich für einen kurzen Moment meinte, so etwas wie Sorge erkennen zu können.

»Du?«, fragte ich ungläubig.

»Ich«, erwiderte er und trat sogleich einen Schritt zurück, als wollte er mir nicht zu nahe kommen.

Ich wäre Jannis am liebsten um den Hals gefallen. Doch stattdessen sagte ich nur »Danke« und lächelte ihn an.

»Da nicht für«, entgegnete er knapp und kratzte sich am Kopf. »Ich brauch jetzt erst mal eine Cola.« Damit stieg er die Treppen vom Pfahlbau hinab.

»Gute Idee. Ich auch!«, rief ich und folgte ihm zu dem Platz am Fuße des Pfahlbaus, wo die Getränke auf hölzerne Paletten standen. Die anderen Leute aus der Clique waren oben auf dem gestelzten Haus stehen geblieben und hatten tuschelnd die Köpfe zusammengesteckt, wobei ihre Blicke immer wieder in unsere Richtung gingen.

Jannis nahm eine Flasche Cola aus dem Kasten, schraubte den Deckel ab und streckte mir die Flasche entgegen. »Bitte.«

»Danke«, sagte ich und trank einen großen Schluck aus der Flasche. Dabei überlegte ich, wie ich ihn in ein richtiges Gespräch verwickeln konnte, vor dem er nicht gleich wieder flüchten würde.

»Schon gut.« Jannis schnappte sich eine weitere Flasche Cola.

»Das war ziemlich dumm von mir. Und leichtsinnig«, gab ich zu.

»Allerdings«, meinte Rike, die zu uns trat und mich vorwurfsvoll ansah. »Da hast du ja noch mal Glück gehabt, dass Jannis so schnell reagiert hat.«

»Reiner Egoismus«, meldete sich Jannis zu Wort, bevor ich etwas entgegnen konnte. »Wenn Emma im Krankenhaus liegt, kann sie nicht den Text für unsere Präsentation schreiben. Das konnte ich einfach nicht riskieren.« Ein schelmisches Lächeln umspielte seinen Mund.

»Gut, dass du so verantwortungsvoll bist.« Rike knuffte ihn in die Seite.

Die anderen Leute der Clique kamen nun auch zu uns. Jil schaute argwöhnisch zu mir herüber und tuschelte mit einem anderen Mädchen. Ich konnte nicht hören, was sie sagte, aber beste Freundinnen würden wir in diesem Leben wohl nicht mehr werden.

»Dann lasst uns mal zum gemütlichen Teil des Abends übergehen«, sagte Marc und baute einen kleinen Grill auf, den er mitgebracht hatte. »Willst du mir mit den Würstchen helfen?«, fragte er mich.

»Kann ich machen.«

Während er die Holzkohle entzündete, öffnete ich die Verpackungen der Würstchen.

»Jannis hat wirklich blitzschnell reagiert, dafür, dass er etwas weiter von dir entfernt stand. Ich wäre zu spät bei dir gewesen, wenn er nicht gewesen wäre«, bemerkte Marc und blickte dabei ziemlich finster auf die Würstchen auf dem Grill.

Verwirrt sah ich ihn an, aber da er nichts weiter dazu sagte, tat ich das Ganze achselzuckend ab.

»Ich bin froh, dass er rechtzeitig zur Stelle war. Es war dumm von mir, mich überhaupt darauf einzulassen. Ein zweites Mal mache ich so was nicht.«

Nachdenklich schaute ich zu Jannis rüber, der zusammen mit Rike und zwei anderen aus der Clique Holz für das Lagerfeuer aufschichtete. Dabei trafen sich unsere Blicke. Er schaute jedoch gleich wieder auf das Holz und richtete den Abstand zwischen einigen Holzscheiten.

Im Laufe des Abends ergab sich kein Gespräch mehr zwischen mir und ihm. Aber ich erwischte ihn mehrmals dabei, wie er heimlich zu mir blickte, und spürte, wie sich leise Hoffnung in mir regte, dass das doch etwas zu bedeuten hatte. Aber wie sollte ich dann sein abweisendes

Verhalten verstehen? Mein fehlender Orientierungssinn hatte mich schon in viele Sackgassen geführt, aber noch nie hatte ich mich dabei so hilflos gefühlt wie in diesem Augenblick.

11

Seit der Rettungsaktion und dem Gespräch am Pfahlbau hatte Jannis sich wieder zurückgezogen. Das Englischreferat am Donnerstag hielten wir zwar zusammen und es lief auch besser, als ich gedacht hatte, doch nach dem Unterricht machte er sich immer gleich aus dem Staub und bei Treffen der Strandclique ließ er sich gar nicht blicken.

Rike und ich hatten uns für den Abend fürs Kino verabredet. Als ich mit dem Rad vor dem kleinen Kino *Nordlicht* eintraf, wartete sie bereits auf mich. Ich kettete mein Rad an einem Ständer an und lief zu ihr.

»Hey, Emma!« Rike umarmte mich zur Begrüßung. »Ich habe uns vorsichtshalber schon Kinokarten besorgt. Im Saal gibt es nämlich nur 102 Sitzplätze und der Film läuft ja heute erst an.«

Ich schaute an ihr vorbei, zu der Menschenschlange, die sich vor der Kasse gebildet hatte. »Das war wohl eine gute Idee von dir. Dann besorge ich uns Popcorn und Getränke, ja?«

»Auf jeden Fall! Eigentlich gehe ich nur wegen des Popcorns ins Kino«, meinte sie lachend.

Wir gingen an der Menschenschlange vorbei und zu der Theke im Kino. Ich bestellte Popcorn und Cola für uns, und während wir darauf warteten, nutzte ich die Chance, um mich möglichst unauffällig bei Rike nach Jannis zu erkundigen.

»Das Referat ist wirklich besser gelaufen, als ich gedacht habe. Jannis ist mündlich echt gut.«

»Auf jeden Fall besser als wir beide zusammen.« Sie nahm die Tüte mit dem warmen Popcorn entgegen und ich trug die zwei Flaschen Cola.

»Abgesehen von der Präsentation macht er sich im Moment ja ziemlich rar ...« Fragend sah ich sie von der Seite an.

Rike zuckte lediglich mit den Schultern. »Kein Grund zur Sorge. Das macht er öfter. Vielleicht schreibt er gerade an einem neuen Song und hat sich deswegen in seine Höhle zurückgezogen.«

»Verstehe«, murmelte ich etwas enttäuscht, weil ich nicht wirklich etwas erfahren hatte.

»Hey, keine Sorge, du wirst ihn schon wieder sehen. Sobald er einen Song fertig hat, taucht er dann plötzlich wieder auf. Das macht er immer so.« Sie zwinkerte mir zu. Doch bevor ich mein Interesse an Jannis abstreiten konnte, das sie durchschaut zu haben schien, entdeckte sie hinter mir etwas, das sie zum Grinsen brachte.

»Was ist los?«, fragte ich.

»Guck mal, wer da in der Schlange steht.«

Ich drehte mich um und musste nicht lange nach der Person suchen, die Rike so erheiterte. »Oh, ich hätte nicht gedacht, dass Mister Walsh auf romantische Fantasyfilme steht.«

»Tut er bestimmt auch nicht. Aber vermutlich die Frau neben ihm.«

Mein Blick fiel auf seine weibliche Begleitung, die wie er bequeme Outdoor-Klamotten trug. »Meinst du, das ist seine Freundin?«

»Bestimmt. Wobei ich mich frage, wie sie das mit ihm aushält. Der fragt sie beim Abendessen bestimmt englische Vokabeln ab.« Rike kicherte.

»Unregelmäßige Verben«, korrigierte ich sie und verdrehte dabei die Augen. Was für eine Horrorvorstellung!

»Noch schlimmer! Lass uns lieber in den Saal gehen und uns über das Popocorn hermachen. Vielleicht haben wir sogar gute Plätze, von denen aus wir John the Ripper und seine Flamme beobachten können.«

»Okay.«

Ich beschloss, mir über Jannis' Verhalten keine weiteren Gedanken zu machen, sondern Rikes Aussage über sein Ab- und wieder Auftauchen Vertrauen zu schenken. Immerhin kannte sie ihn besser, als ich es tat.

Die trashige Fantasyschnulze und auch das Geturtel von Mister Walsh und seiner Freundin waren glücklicherweise eine große Hilfe dabei, auf andere Gedanken zu kommen.

Schon am nächsten Tag geisterte Jannis wieder in meinen Gedanken rum, weshalb ich mich von Lea dazu überreden ließ, mit ihr und Klara zum Reiterhof zu gehen. Mir war jede Ablenkung recht.

»In Wirklichkeit hast du doch die ganze Zeit nur darauf gewartet, dass ich dich endlich mit zu den Pferden nehme. Stimmt's?«, feixte Lea, wobei sie rückwärtsging und dabei mit einer Wurzelbürste vor meiner Nase hin und her hampelte.

»Nie im Leben! Das mache ich nur, um meiner kleinen nervigen Schwester einen Gefallen zu tun.«

»Vielleicht können wir ja eine Reitstunde für dich auf Wendy organisieren«, merkte Klara vergnügt an.

»Gute Idee! Oder wie wäre es gleich mit einer Springreitstunde?«, schlug Lea übermütig vor.

Ich musste lachen. »Aber sonst geht es euch noch ganz gut?«

»Oder einer Voltigierstunde«, setzte Klara noch einen drauf. »Damit du es mal ausprobieren und sehen kannst, dass es überhaupt nicht gefährlich ist.«

»Du spinnst echt total.« Ich zeigte der Freundin meiner Schwester den Vogel, worüber sie sich königlich amüsierte.

Beim Thema Voltigieren musste ich unweigerlich an die Balancieraktion vom Pfahlbau denken. Wie gut, dass die Mädchen nichts von meinem Leichtsinn wussten, denn damit hatte ich mich wirklich in Gefahr gebracht. Dagegen war das Voltigieren vermutlich nicht gefährlicher als Ski fahren oder Fußball spielen.

Wir bogen rechts ab und stiegen den Deich zu dem Weg runter, der zum Außenreitplatz und der Reithalle des Pferdehofs führte.

»In der Reithalle müsste gerade Springtraining sein. Das können wir uns mal angucken!«, rief Klara und winkte uns, ihr zu folgen. Sie öffnete eine Seitentür an der Halle, hinter der es zu den Sitzplätzen hinter der Bande ging.

Kaum hatte ich die Halle betreten, blieb ich wie angewurzelt stehen. Ich traute meinen Augen nicht. Auf einem Stuhl hinter der Bande saß Jannis und schaute den Reitern beim Springtraining zu. Ihn hatte ich hier am wenigsten erwartet. Seit wann interessierte er sich denn für Pferde?

Jannis war völlig in das Springtraining vertieft, sodass er unser Kommen nicht bemerkt hatte. Ich wandte meinen Blick von ihm ab und ließ ihn ebenfalls durch die Reitbahn schweifen. Sofort fand ich den Grund seines Interesses: Jil ritt auf einem Rappen. Also war er doch mit ihr zusammen?

»Sollen wir uns hier hinsetzen?«, fragte Lea und unterbrach meine Überlegungen. Sie deutete auf drei Stühle, die sich in der gleichen Reihe befanden wie der Sitzplatz von Jannis.

Am liebsten wäre ich aus der Halle abgehauen und hätte mich in unserem Zimmer verkrochen. Den beiden womöglich beim Turteln zuzusehen und festzustellen, dass ich mir sein Interesse bloß eingebildet hatte, das verkraftete ich nicht. Doch Jannis hatte mich und die zwei Mädels inzwischen bemerkt. Er blickte kurz zu uns herüber und formte ein lautloses Hallo mit seinen Lippen, dann schaute er wieder auf die Reitbahn, wo die Reitlehrerin die Stange an einem Hindernis erhöhte.

Lea und Klara brabbelten aufgeregt leise miteinander. Ich war komplett verwirrt, setzte mich auf den äußeren Platz und brachte mein gesamtes schauspielerisches Talent auf, um mir nichts von meinem inneren Aufruhr vor Jannis anmerken zu lassen.

Hatte ich mich wirklich so sehr in ihm getäuscht und war alles bloß Wunschdenken gewesen? Ich schaute aus den Augenwinkeln zu ihm herüber und ertappte ihn just in dem Moment dabei, wie er das Gleiche tat. Eine Woge Adrenalin flutete durch meinen Körper. Ich blickte schnell wieder geradeaus, wo Jil angaloppierte, um mit dem Pferd über eins der Hindernisse zu springen.

Trotz fehlendem Pferdeverstand und Gedankenchaos in meinem Kopf bemerkte ich, dass Jil Probleme mit dem Rappen hatte. Das Tier lehnte sich immer wieder gegen ihren Reitstil auf und verweigerte Sprünge.

»Sie zieht Filou viel zu sehr im Maul«, analysierte Klara Jils Reitfehler.

»Ich an seiner Stelle hätte auch keine Lust, über ein Hindernis zu springen, wenn jemand so schlecht reitet. Er kann doch nur springen, wenn sie seinen Kopf frei gibt«, philosophierte Lea im besten Reiterlatein.

»So wird das nix«, meinte Klara.

Damit sollte sie recht behalten. Am Ende der Reitstunde hatte ich nicht nur sieben Sprungverweigerungen gezählt, sondern Jannis noch mehrmals dabei erwischt, wie er mich heimlich beobachtete – mal wieder.

Sein widersprüchliches Verhalten verwirrte mich zunehmend. Ich konnte mir keinen Reim darauf machen, warum er sich erst zurückzog, mich dann aber unauffällig beobachtete. Egal, weswegen er es tat, so konnte es auf Dauer nicht weitergehen. Ich nahm mir vor, die nächste passende Gelegenheit zu ergreifen und mit ihm zu reden.

Leider blieb Jannis den Cliquentreffen weiterhin fern. Insgeheim hatte ich gehofft, ihm zu begegnen und dadurch eine Möglichkeit zu finden, um mit ihm außerhalb des

Englischcamps zu reden, doch meine Erwartungen wurden enttäuscht.

»Ich habe mir übrigens etwas überlegt«, verkündete Rike nach dem Englischunterricht.

»Da bin ich aber mal gespannt! Was denn?«

»Du darfst auf keinen Fall St. Peter verlassen, ohne mal mit einem Strandsegler gefahren zu sein.«

»Ich und Strandsegeln?«, fragte ich überrascht. »Ob ich das überhaupt kann?«

Wir verließen den Lernraum und liefen den Flur entlang.

»Warum denn nicht? Lernen kann man doch alles. Siehe Englisch.«

»Hm.« Ich wusste, dass Rike eine begeisterte Strandseglerin war. Genauso wie Jannis. Aber ob ich mich ebenso geschickt in einem Segelwagen anstellen würde, bezweifelte ich. Das Gleiche hatte ich jedoch vom Surfen gedacht, und auch wenn Marc der eigentliche Surfer gewesen war und ich nur mit auf dem Brett gestanden hatte, war es zumindest aufregend gewesen.

»Na gut, ausprobieren kann ich es ja mal!«

»Dann trifft es sich ja gut, dass ich dich rein vorsorglich schon in der Strandsegelschule angekündigt habe«, sagte sie und grinste mich unschuldig an.

Ich rollte mit den Augen, musste aber lachen. »Super. Aber vor diesem Erlebnis muss ich mich erst einmal stärken.«

Nachdem wir in der Mensa etwas zu Mittag gegessen hatten, lotste Rike mich zum Strand und wenig später stand ich vor einem blau-weißen Holzzaun, hinter dem sich das Vereinsgebäude des Yachtclubs und die Strandsegelwagen befanden.

»Yachthafen – Yachtclub St. Peter-Ording«, las ich die Beschriftung eines Schildes vor. »Wollten wir nicht zum Strandsegelclub?«

»Ist das Gleiche«, klärte Rike mich auf und ging auf das Clubhaus zu.

Die Tür des Vereinsgebäudes war verschlossen, dafür klebte ein handgeschriebener Zettel neben der Klingel.

Bin bei der Strandkorbvermietung Petersen. Boje

»Und jetzt? Warten wir?«, wollte ich wissen.

»Nö. Nicht nötig. Die Strandkorbvermietung ist gleich nebenan um die Ecke. Da laufen wir eben hin.«

Rike steuerte auf ein blau-weißes Holzhäuschen zu, das sich am Übergang zum Strand befand. An den kurzen Seiten befanden sich zwei Fenster, über denen jeweils ein Schild befestigt war, auf dem *Strandkorbvermietung Petersen* stand. Eine grüne Preisliste neben der Tür informierte Touristen über die Mietpreise pro Tag und pro Woche für die verschiedenen Strandkorbarten. Die Tür stand offen, doch neugierige Blicke ins Innere des Häuschens wurden durch einen regenbogenfarbenen Fliegenvorhang abgewehrt.

Vor der Bude hatte jemand einen Stuhl aufgestellt, auf dem ein Mann mit Sonnenbrille und einer Tasse in der Hand saß. Auf seinem Kopf trug er eine Kapitänsmütze, unter der graues Haar hervorschaute.

»Moin!«, grüßte Rike den Mann.

»Moin, Rike!«

»Ich bringe dir deine neue Schülerin mit. Das ist Emma, von der ich dir erzählt habe.«

»Klasse. Wir können loslegen, sobald Petersen wieder da ist, für den ich kurz hier einspringe. Er ist mit seinem Neffen unterwegs. Ein Strandkorb ist umgekippt. Müssten aber gleich wieder da sein.« Er nahm seine Sonnenbrille ab. »Ach, da kommt schon der Erste wieder. Steht der Korb wieder?«

»Ja, aber wir müssen noch eine Fußstütze festschrauben. Die hat sich durch den Sturz gelockert«, erklärte eine bekannte Stimme neben mir.

Jannis!

»Hi«, grüßte er Rike und mich und verschwand ohne ein weiteres Wort in der Bude. Kapitän, mit dem er gekommen war, trottete auf Rike und mich zu und ließ sich durch Streicheleinheiten verwöhnen, was die Enttäuschung über Jannis' Verhalten ein wenig dämpfte.

Der Mann setzte sich wieder die Sonnenbrille auf.

»Dann können wir gleich deine Anmeldung für eine Schnupperstunde fertig machen und die erste Runde im Segelwagen drehen. Ich bin übrigens Boje«, stellte er sich mir vor und gab mir die Hand. »Es müssten noch ein paar Anmeldebögen bei Petersen auf dem Tisch liegen. Moment mal.« Er verschwand hinter dem bunten Fliegenvorhang.

Wenig später kam Jannis mit einem Werkzeugkasten aus der Bude. Er schaute mich grimmig an. »Strandsegeln ist nichts für Großstadtmädchen, die von so was keine Ahnung haben. Viel zu gefährlich. Geh mal besser englische Vokabeln lernen«, presste er hervor und rief Kapitän mit einem Pfiff zu sich.

Sprachlos schaute ich ihn an. Das war ja wohl der Gipfel der Unverschämtheit! In mir tobte ein Wechselbad der Gefühle. Auf der einen Seite fühlte ich mich durch sein unfreundliches Verhalten total abgestoßen, auf der anderen Seite jedoch glaubte ich, dass seine ungehobelte Art mir gegenüber nur ein Schauspiel war, womit er vermeiden wollte, dass man ihm in die Karten schaute. Trotzdem verletzte er mich durch seine Sprüche.

»Was ist denn dir über die Leber gelaufen?!«, fragte Rike empört.

Jannis winkte ab und zog mit seinem Werkzeugkasten und Kapitän Richtung Strand ab und ließ uns verblüfft stehen.

»Ich wusste nicht, dass ich Jannis um Erlaubnis fragen muss, um mich bei einem Strandsegelkurs anmelden zu dürfen«, sagte ich, als ich die Sprache wiederfand.

»Bei dem piept's wohl!«, ärgerte sich Rike. »Bloß weil er ein so guter Strandsegler ist, macht er hier einen auf King of Fischbrötchen und glaubt wohl, ihm gehört der ganze Strand.«

Bevor ich etwas erwidern konnte, kam Boje aus der Bude und schwenkte einen Zettel in seiner Hand. »So, da ist auch ein Anmeldeformular. Oder hast du es dir in der Zwischenzeit noch mal anders überlegt, Emma?«

»Nein. Ich bin sogar entschlossener denn je, das Strandsegeln zu lernen«, entgegnete ich und warf Rike dabei einen vielsagenden Blick zu.

Boje beförderte einen Kugelschreiber aus der Brusttasche seines gestreiften Hemdes, um meine Daten zu notieren. »Wenn jetzt noch deine Eltern einverstanden sind, kann es losgehen.«

»Klar, kein Ding«, meinte ich und zog mein Smartphone aus der Hosentasche.

Nachdem meine Eltern ihr Okay per Telefon gegeben hatten, war ich formell für die Schnupperstunde angemeldet. Boje schleppte die Strandsegelwagen mit einem Bus auf den Strand. Dort wies er mich in die theoretische Bedienung eines Strandseglers ein.

Danach durfte ich meine ersten Segelversuche am Ordinger Strand machen. Dabei entging mir nicht, dass es neben Boje, Rike und Kapitän noch einen weiteren Zuschauer gab: Jannis.

Mit verschränkten Armen und mürrischem Blick beobachtete er mich von der Strandkorbvermietung seines Onkels aus. Ich hatte das Gefühl, als wartete er nur darauf, dass ich mich blöd anstellte oder gar verletzte, damit er mit seinem Spruch richtiglag. Doch den Gefallen wollte ich ihm unter gar keinen Umständen tun und war selbst überrascht, dass ich nach ein paar Runden im Segelwagen schon ein gewisses Gefühl für die Steuerung entwickelt hatte.

Ich glitt nun zügiger über den Strand, schaffte es, saubere Kurven zu fahren, und gewann immer mehr Kontrolle über den Wagen. Die Stunde verging wie im Flug und ich wäre am liebsten noch länger über den Strand gedüst.

»Du bist ein echtes Naturtalent, Emma«, sagte Boje zu mir, nachdem er uns mit dem Bulli in den Strandseglern wieder zurück zum Yachtclub-Gelände geschleppt hatte.

Jannis war ebenfalls dort und half uns dabei, die Strandsegler wieder richtig zu parken. Zuerst ging er Rike mit ihrem Wagen zur Hand.

»Ich hätte nie gedacht, dass ich mich so schnell an das Fahren gewöhnen könnte«, antwortete ich dem Segellehrer. »Das war wirklich toll und wird bestimmt nicht das letzte Mal gewesen sein, dass ich hier gewesen bin.«

»Das freut mich zu hören. Sag mir einfach Bescheid, wenn du Lust auf eine weitere Stunde hast.«

»Können wir?«, fragte Jannis und deutete auf meinen Segelwagen.

»Klar.« Zusammen rollten wir ihn an seinen Platz. »Danke für deine Hilfe.« Jannis war zwar nicht sonderlich charmant zu mir gewesen, doch wollte ich deswegen nicht genauso unhöflich sein wie er.

Er nickte. »Kein Ding.«

»Okay.« Ich drehte mich um und wollte zu Rike und Boje gehen, da hielt mich seine Stimme zurück.

»Emma?«

Ich drehte mich um. »Ja?«

Er grinste mich frech an. »Für ein Großstadtmädchen hast du dich gar nicht so blöd angestellt.«

»War das jetzt ein Kompliment?«

»Ein norddeutsches Kompliment.«

Ich grinste zurück und nickte. Dann ging ich rüber zu Rike und Boje, wobei mein Herz aufgeregt auf- und abhüpfte. Vielleicht war das Eis zwischen Jannis und mir jetzt endgültig gebrochen.

12

Am Abend nach der Segelstunde war auf dem Campus des Internats ein Lagerfeuer geplant, bei dem Grillen, Singen und Spiele auf dem Programm standen und zu dem alle Gäste des Nordsee-Internats und Teilnehmer des Englischcamps eingeladen waren.

Rike hatte Luk mitgebracht, der freihatte. Sogar Jannis war erschienen. Er hatte seine Gitarre dabei und überflüssigerweise Jil im Schlepptau. Hätte die nicht einmal zu Hause bleiben können? Nach unserer letzten Begegnung vor ein paar Stunden in der Strandsegelschule hätte ich mich gerne wieder mit ihm unterhalten, doch Jils Anwesenheit wirkte wie eine unsichtbare Mauer auf mich.

Was mich jedoch richtig nervös machte, war die Tatsache, dass meine Schwester und Klara noch nicht wieder von ihrem Ausflug an den Strand zurück waren und ich sie nicht anrufen konnte, weil sie kein Handy dabeihatten. Ich schaute abwechselnd auf die Zeitanzeige meines Smartphones und zum Deichhaus. Wo blieben sie nur?

»Alles okay bei dir?«, fragte mich Tom, einer der Betreuer vom Internat.

»Lea und Klara sind noch nicht vom Strandausflug zurück. Ich weiß gar nicht, wo die beiden so lange bleiben«, sagte ich besorgt.

»Ach, nur keine Bange. Die Mädchen kommen bestimmt gleich. Vielleicht haben sie am Strand bloß die Zeit etwas vergessen. Das passiert manchmal. Außerdem beginnt das Lagerfeuer doch offiziell erst in einer halben Stunde«, versuchte er, mich zu beruhigen. »Bis dahin sind die Mädels längst zurück. Wirst sehen!«

Das beruhigte mich jedoch nicht wirklich. Als eine halbe Stunde später immer noch nichts von meiner Schwester und ihrer Freundin zu sehen war, hielt ich es nicht länger auf dem Campus aus. Ich musste etwas unternehmen. Vielleicht war den beiden etwas zugestoßen und sie steckten in Schwierigkeiten. Ich musste mir Gewissheit verschaffen und lief zum Strand, um nach den Mädchen zu suchen.

Allerdings hatte ich nicht bedacht, dass der Strand von St. Peter-Ording so riesig war, dass bequem 15 Fußballfelder auf ihm gebaut werden konnten. Wie sollte ich da die Mädchen finden? Ich überlegte kurz, wo ich mit der Suche beginnen sollte, und entschied mich, mit den Strandkörben zu beginnen. Ich klapperte sämtliche Strandkörbe ab und schaute, ob die beiden Mädels es sich in einem gemütlich gemacht hatten. Aber Fehlanzeige. Anschließend sprach ich Leute an, die am Strand unterwegs waren. Ich zeigte ihnen ein Foto von Lea und Klara auf meinem Smartphone und fragte sie, ob ihnen die Mädchen begegnet waren. Aber niemand hatte sie gesehen. Sie schienen wie vom Erdboden verschwunden zu sein, und je länger ich nach ihnen suchte, desto größer wurde meine Sorge um sie.

Nach circa einer Stunde erfolgloser Suche rannte ich ziellos umher. Als ich mich umsah, waren die Salzwiesen bereits weit von mir entfernt. Aber ich musste Lea und Klara finden. Ich lief immer tiefer ins Watt hinein und rief nach ihnen.

Meinen Fehler bemerkte ich erst, als sich immer mehr Wasser zu meinen Füßen sammelte und die vollgelaufenen Priele mir den Rückweg abgeschnitten hatten. Erschreckt schaute ich mich um und bemerkte in der Ferne die blaue Flagge am Pfahlbau der DLRG-Station, die das Einsetzen der Flut signalisierte. Doch da war es schon zu spät. Das Meerwasser hatte mich eingeschlossen und ich saß auf einer Sandbank im Watt fest, die immer kleiner wurde.

Panik stieg in mir auf. Am weit entfernten Strand konnte ich niemanden entdecken. Wie sollte ich am besten auf mich aufmerksam machen? Ich griff in meine Gesäßtasche, fischte mein Handy heraus und wählte den Notruf, doch es erklang kein Freizeichen. Ein paar Mal probierte ich es, aber ohne eine Verbindung zu bekommen. Ich blickte auf mein Handydisplay und mir rutschte das Herz in die Hose. Verdammt! Hier draußen hatte ich natürlich keinen Empfang. Ich konnte keine Hilfe rufen. Ich saß in der Falle.

Was sollte ich denn jetzt tun? Sollte ich versuchen zurückschwimmen? Nach einem Blick auf das Wasser entschied ich mich dagegen. Schwimmen war durch die Strömung viel zu gefährlich. Vermutlich sogar für sehr gute Schwimmer.

Mittlerweile war es um mich herum duster geworden und das Meerwasser weiter angestiegen, sodass es mir schon bis zu den Knien reichte. Ich zitterte vor Kälte und fragte mich, ob ich aus dieser Situation lebend herauskommen würde.

Je länger ich dort stand und je höher das Meerwasser stieg, desto mehr Zweifel daran überkamen mich. Außerdem war ich wütend auf mich. Wie hatte ich nur so gedankenlos sein und einfach ins Watt reinlaufen können, ohne mich vorher über die Gezeiten zu informieren? Das wusste doch schließlich jedes Kind, dass dies das Dümmste war, was man an der See tun konnte. Und vermutlich wussten das Lea und Klara auch und wären nie auf solch eine wahnwitzige Idee gekommen ...

Plötzlich bemerkte ich ein kurzes Leuchten, das mich aus meinen Gedanken riss. Etwas blitzte in der Richtung auf, in der ich das rettende Ufer vermutete. Was war das?

Wieder blitzte es in der Ferne. Und wieder. In regelmäßigen Abständen konnte ich einen hellen Schein wahrnehmen. Und dann fiel es mir ein. Natürlich, das war das Lichtsignal vom Böhler Leuchtturm. Und es brachte mich auf eine Idee.

Ich schaltete an meinem Smartphone die Taschenlampenfunktion ein und versuchte damit ebenfalls, Lichtsignale zu geben, wenngleich ich auch befürchtete, dass meine Signale von niemandem bemerkt werden würden, weil sie viel zu schwach waren. Aber ich musste es wenigstens probieren. Das war meine einzige Chance auf eine mögliche Rettung.

Mit zitternder Hand hielt ich das Smartphone in die Luft, den schwachen Lichtschein Richtung Festland gerichtet und spürte, wie erneut Angst in mir hochkroch und sich ein dicker Kloß in meinem Hals bildete, der mir die Luft abzuschnüren schien. Was würde mit mir passieren, wenn man mich nicht rechtzeitig fand?

Ich schwankte in dem weiter ansteigenden Meeresspiegel mittlerweile wie ein Fahnenmast bei Windstärke zehn hin und her und hatte Schwierigkeiten, auf den Beinen zu bleiben. Aber ich durfte die Hoffnung nicht aufgeben, ermahnte ich mich selbst.

»Irgendwer wird mich schon bemerken«, sprach ich mir laut Mut zu, weil meine Gedanken mittlerweile so laut in mir schrien, dass ich sie übertönen musste.

Doch nach kurzer Zeit machte mein Akku schlapp und damit erlosch das Handylicht und mit ihm auch der letzte Hoffnungsfunke, der in mir geglommen hatte. Ich stand in völliger Dunkelheit und die Nordsee um mich herum stieg immer weiter an.

13

»Hilfe!«, schrie ich, so laut ich konnte. »Hiiilfeeee! Warum hört mich denn keiner?!«

In mir tobten Angst und Verzweiflung. Ich wollte nicht sterben! Nicht jetzt und vor allem nicht hier und so. Wütend schlug ich mit einer Faust auf die Meeresoberfläche, dass mir Salzwasser ins Gesicht spritzte, und schluchzte laut auf. Wieso kam denn niemand? Suchte etwa niemand nach mir?

Die Strömung wurde stärker, das Rauschen des Meeres lauter. Ich konnte mich kaum mehr auf den Beinen halten. Ich schlang die Arme um meinen Oberkörper, um mich notdürftig gegen die nasse Kälte zu schützen, die immer höher kroch.

»Hiiilfeee!«, schrie ich abermals verzweifelt.

Ich starrte angestrengt in die Dunkelheit und versuchte, etwas durch meine Tränen hindurch zu erkennen, die mir ohne Unterlass über das Gesicht liefen. Das Leuchtfeuer des Böhler Leuchtturms und der schwache Lichtschein, der von den Laternen an Land kam, verschwammen zunehmend vor meinen Augen.

Im Nordsee-Internat musste doch irgendwann jemandem mein Fehlen auffallen, dachte ich verzweifelt. Bestimmt würde Rike bald meine Abwesenheit bemerken und Alarm schlagen, versuchte ich, mir Mut zu machen. Und spätestens dann würden sie nach mir suchen und Tom wusste ja, dass ich mir Sorgen um Lea und Klara gemacht hatte, weil sie vom ihrem Ausflug zum Strand nicht zurückgekommen waren. Eigentlich mussten sie nur eins und eins zusammenzählen, um darauf zu kommen, dass ich meine Schwester und ihre Freundin suchen gegangen war.

Nur hoffentlich kam diese Erkenntnis nicht zu spät ...

Um die Hoffnung nicht zu verlieren, dachte ich an Lea und Klara. Was wohl mit ihnen war? Ob sie inzwischen wieder im Nordsee-Internat eingetroffen waren? Hätte ich bloß Gewissheit, dass es wenigstens den beiden gut ging.

»Hiiilfeeee!« Meine Kehle fühlte sich vom Schreien schon ganz wund an und von meiner Stimme war nicht viel mehr als ein Krächzen übrig. Ich spähte wieder in die Dunkelheit.

Hin und wieder glaubte ich, jemanden zu sehen, ein Boot, einen Spaziergänger am Strand oder eine Lampe, die in einem der Pfahlbauten eingeschaltet wurde. Wann fanden sie mich endlich? Oder vermisste mich etwa niemand? Mittlerweile war der Mond aufgegangen und schien fahl auf mich und meine ausweglose Lage hinab wie ein Scheinwerfer, der ein Bühnenbild erhellte.

Ich hatte keine Kraft mehr, um weiter nach Hilfe zu rufen. Mein Mut war aufgebraucht, meine Hoffnungen hatte ich begraben, als ich plötzlich schemenhafte Bewegungen weit vor mir registrierte. In der Wüste hätte man das wohl eine Fata Morgana genannt, aber wie hieß dies im Meer? Ich schloss kraftlos die Augen, und als ich sie wieder öffnete, war die optische Täuschung näher gekommen. Ich bildete mir ein, die Silhouetten von zwei Surfern zu erkennen, die geradewegs auf mich zusegelten. Wahrscheinlich war ich in der Zwischenzeit stark unterkühlt und halluzinierte. Nun hörte ich sogar Stimmen, die meinen Namen riefen. Stimmen, die wie die von Jannis und Luk klangen – die ich jetzt sogar undeutlich vor mir auf den Surfbrettern sah. Verrückt! Umso überraschter war ich, als die zwei Surfer sich mir weiter näherten und ich sie klar im Mondschein erkennen konnte. Ich mobilisierte meine letzten Energiereserven.

»Jannis! Luk! Ich bin hier!«, schrie ich aus Leibeskräften und winkte wild mit den Armen, um auf mich aufmerksam zu machen. »Nicht vorbeifahren!«

»Da vorne ist Emma!«, hörte ich Luk rufen.

»Ich sehe sie«, vernahm ich Jannis' vertraute Stimme.

Als Nächstes spürte ich kräftige Arme, die mich bäuchlings auf ein Surfbrett zogen wie einen nassen Sack. Ich war zu erschöpft, um etwas zu sagen, spürte aber eine gigantische Erleichterung und wie die Angst augenblicklich von mir abfiel.

»Kannst du versuchen, dich hinzusetzen?«, fragte mich Jannis.

Irgendwie schaffte ich es, mich aufzurichten und in eine Sitzposition zu bringen. Zum Reden fehlte mir nach wie vor die Kraft.

»Halte dich gut an den Seiten vom Brett fest«, forderte mich Jannis mit eindringlicher Stimme auf.

Ich tat wie mir geheißen und konzentrierte mich darauf, nicht vom Surfbrett in die Nordsee zu fallen.

»Schnell zurück. Ich fahre hinter euch her«, sagte Luk in meinem Rücken.

Die Fahrt auf dem Surfbrett erschien mir wie eine Ewigkeit. Ich war hundemüde und hatte Angst, nicht bis zum Strand durchhalten zu können. Keiner von uns sagte ein Wort. Selbst Jannis machte mir keine Vorwürfe wegen meines leichtsinnigen Verhaltens und ließ sich auch zu keinem blöden Spruch hinreißen.

Als die Brandung das Surfbrett mit einem Ruck auf den Strand spülte, sackte ich vor Anstrengung in mich zusammen. Ich konnte es nicht glauben. Ich hatte es geschafft, war wieder an Land, obwohl ich da draußen schon so gut wie mit meinem Leben abgeschlossen hatte.

»Ich lauf rüber zu dem Fischrestaurant im Pfahlbau und rufe einen Krankenwagen«, sagte Luk und warf sein Surfbrett achtlos in den Sand.

»Ja. Beeil dich«, antwortete Jannis. »Und bring eine Decke mit.«

Dann hörte ich Schritte im Sand, die sich schnell entfernten.

»Gleich kommt Hilfe«, sagte Jannis zu mir und kniete sich neben mich in den Sand, wobei er mit seinen Händen über meine Arme rubbelte. Mir fiel in dem Moment auf, dass er keinen Neoprenanzug trug, sondern normale Klamotten, die ebenfalls triefnass waren. Er musste mindestens genauso frieren wie ich. Ließ sich das allerdings nicht anmerken.

»Ich bin echt froh, dass aus dir keine Wasserleiche geworden ist«, versuchte er, einen Scherz zu machen, und verzog dabei seinen Mund zu einem schiefen Grinsen. »Die sehen nämlich meistens ziemlich gruselig aus.«

Mir fehlte die Energie, um ihm darauf zu antworten oder für irgendeine andere Reaktion. Ich bibberte am ganzen Körper vor Kälte und das Zittern schien mich meine letzte Kraft zu kosten. Völlig erschöpft gab ich dem Drang meiner müden Lider nach und schloss die Augen.

»Hey! Mach die Augen auf!« Ich spürte, wie seine Hände gegen mein Gesicht klatschten. »Du darfst jetzt nicht einschlafen! Mach die Augen auf und sieh mich an!«, befahl Jannis in einem Ton, der keinen Widerspruch duldete.

Ich musste all meine Willenskraft aufbringen, um seiner Aufforderung Folge zu leisten. Selbst im fahlen Mondschein leuchteten seine Augen meerwasserblau.

Jannis nahm meine Hand in seine und drückte sie so fest, dass es wehtat. »Du musst bei mir bleiben«, wiederholte er eindringlich. »Konzentrier dich und drück meine Hand.«

Mit meiner letzten Kraft drückte ich zu.

»Gut so. Und noch einmal«, forderte er mich auf.

Das Spiel wiederholten wir so lange, bis Luk mit einer Decke wiederkam und sie um mich schlang. »Der Krankenwagen ist unterwegs. Es dauert nicht mehr lange, Emma.«

Ich versuchte, etwas zu sagen, doch meine Zähne schlugen immer noch vor Kälte klappernd aufeinander, sodass ich keinen Ton von mir geben konnte. Ich nickte bloß und konzentrierte mich mit aller Kraft darauf, die Augen offen zu halten. Jannis und Luk redeten ohne Unterlass auf mich ein, aber ich war zu erschöpft, um mich auf den Sinn ihrer Worte konzentrieren zu können.

Irgendwann hörte ich mehrere fremde Stimmen, die sich in meinem Kopf zu einem Knäul verwirrten. Im nächsten Moment wurde ich von kräftigen Armen auf eine Trage gehievt. Das grelle Blaulicht blendete mich. Ich war so müde. Ich wollte nur noch schlafen. Die Sanitäter schoben mich in den hell beleuchteten Krankenwagen und schlossen mich sogleich an piepsende Geräte an. Mit einem Ruck fuhr der Wagen los.

»Nicht erschrecken. Das piekst jetzt einmal kurz«, vernahm ich die Stimme einer Frau neben mir und spürte sogleich einen dumpfen Stich in meinem Arm.

Ich war so unendlich müde. Ich wollte nur kurz die Augen schließen, doch mir war klar, dass ich dann sofort einschlafen würde. Also riss ich mich zusammen, ließ die Untersuchungen über mich ergehen und war froh, als ich danach endlich in ein Krankenzimmer gebracht wurde, in dem noch zwei weitere Patienten lagen. Endlich konnte ich die Augen zumachen und dämmerte sogleich weg.

Ich hockte mit dem Handy meiner Schwester auf meinem Bett im Nordsee-Internat und skypte mit Pia. Meine Freundin schaute mich mit großen Augen an und konnte gar nicht mehr damit aufhören, ihren Kopf zu schütteln.

»Ich musste bloß über Nacht zur Beobachtung dableiben. Aber viel habe ich davon nicht mitbekommen. Ich war so müde und bin nach der Untersuchung eingeschlafen.«

»Du hättest ertrinken können!«, sagte Pia immer noch entsetzt.

Ich verzog den Mund. »Ertrunken ist glücklicherweise nur mein Handy. Das ist völlig hinüber.«

»Ach, dein Handy ist echt total egal, wichtig ist, dass du da lebend rausgekommen bist und es dir wieder gut geht.« Pia strich sich aufgebracht mit der Hand durch die Haare. »Ich darf echt nicht daran denken, wie du mitten in der Nordsee gefangen warst.« Sie schüttelte heftig ihren Kopf, als könnte sie so die Vorstellung daran vertreiben.

»Was meinst du, was los war, als das Internat deswegen meine Eltern verständigt hat? Die waren vielleicht von der Rolle!« Ich verdrehte die Augen. »Wären die nicht voll und ganz mit dem Umzug beschäftigt gewesen, wären sie sofort nach St. Peter-Ording gekommen. Aber ich habe ihnen das vorhin ausgeredet. Mir geht es ja schließlich wieder gut.« Ich griff nach einer Wasserflasche, die vor meinem Bett stand.

»Und deiner Schwester und ihrer Freundin geht es auch gut, oder?«, wollte Pia wissen.

Ich schraubte die Wasserflasche auf. »Ja, zum Glück. Die Mädels sind, kurz nachdem ich auf die Suche nach ihnen gegangen bin, wohlbehalten zum Internat zurückgekehrt. Lea ist auch gleich aufgefallen, dass ich weg war. Sie hat dann zuerst Rike gefragt, ob sie mich gesehen hat, und danach haben Klara und sie versucht, mich auf dem Handy zu erreichen, aber da war ich schon mitten im Watt und im Funkloch verschollen. Sie haben dann Tom, unserem Betreuer, Bescheid gesagt, der wegen unseres Gespräches sofort vermutet hat, dass ich zum Strand gelaufen bin. Er hat sofort einen freiwilligen Suchtrupp organisiert und zum Strand geschickt. Zu dem auch Luk und Jannis gehört haben. Den Rest kennst du ja schon.« Ich trank einen Schluck aus der Flasche.

»Aber meine Schwester war ziemlich fertig wegen der Sache und hat geheult wie ein Schlosshund, als ich aus dem Krankenhaus zurückgekommen bin. Stell dir mal vor, sie hat sich sogar die Schuld dafür gegeben, dass ich fast gestorben bin. Auf was für Ideen sie kommt! Ich habe ihr natürlich gesagt, dass das Quatsch ist, und mittlerweile hat sie sich wieder eingekriegt.«

Ich hatte den Eindruck, als wären Pias Augen nicht bloß noch größer bei meiner Berichterstattung vom gestrigen Tage geworden, sondern dass sie mich auch noch besorgter anschaute.

»Aber mir geht es wirklich gut«, sagte ich deswegen schnell. *»Wirklich!* Bin zwar noch ein bisschen schlapp unterwegs, ansonsten fühle ich mich aber fit.«

Pias Blick war jetzt nicht mehr ganz so besorgt.

»Ich werde morgen auch wieder zum Englischunterricht gehen. Da muss ich mich ja körperlich nicht groß anstrengen. Bloß sitzen und zuhören.«

Pia musste grinsen. »Hört, hört! Du willst freiwillig Englisch pauken?! Jetzt mache ich mir aber Sorgen! Ich glaube, du bist ernsthaft krank!«

14

So schlimm mein Seenoterlebnis auch gewesen war, versuchte ich es trotzdem als nützliche Erfahrung zu sehen. Erstens würde ich jetzt nie wieder gedankenlos ins Watt laufen, ohne mich vorher über die Gezeiten zu informieren. Zweitens hatte ich mir fest vorgenommen, mir nicht mehr wegen jeder Kleinigkeit gleich Sorgen um Lea zu machen.

Am nächsten Morgen ging ich dann tatsächlich nach dem Frühstück wieder zum Englischunterricht. Ich hoffte, mich bei Jannis für die Rettungsaktion bedanken zu können. Dazu hatte mir an dem besagten Abend nämlich die Kraft gefehlt.

Rike saß wie immer vor Unterrichtsbeginn auf der Tischtennisplatte vor dem Sonnenhaus. Als sie mich sah, sprang sie auf und kam mir entgegen.

»Wie schön, dass es dir wieder besser geht.« Sie umarmte mich und drückte mich dabei fest an sich.

»Wenn du weiter so drückst, ersticke ich«, krächzte ich.

»Oh, sorry! Ich habe mich nur so gefreut, dich zu sehen«, sagte sie mit einem verschmitzten Lächeln. »Geht's dir denn auch wirklich wieder gut?«

»Für den Englischkurs bei John the Ripper reicht's gerade.« Ich schaute mich um. »Ist Jannis auch schon da? Ich möchte mich bei ihm noch bedanken, dass er mich gerettet hat. Bei Luk natürlich auch, aber dazu werde ich wohl erst später die Gelegenheit haben.«

Rike verzog den Mund. »Nein. Jannis hat mich gebeten, ihm die Arbeitsblätter mitzubringen. Er hat sich heute nicht gut gefühlt und wollte zum Arzt. Hat sich wohl etwas im Nordseewasser verkühlt.«

»Oje, und das alles nur wegen mir«, sagte ich zerknirscht.

»Ach was, Jannis ist zäh und sicherlich bald wieder gesund. Den haut so schnell nichts um. Hauptsache, du konntest gerettet werden. Dafür ist Luk topfit und einfacher anzutreffen. Spätestens heute Abend nach seiner Schicht.«

»Wenigstens etwas.«

»Wobei, bis Schichtende bräuchtest du eigentlich gar nicht zu warten. Willst du das Hotel von Luks Familie vielleicht mal sehen? Ich könnte es dir zeigen«, schlug Rike vor.

»Ja, klar. Wieso nicht.«

»Es ist gar nicht weit von hier entfernt. Luk hat gegen vier Uhr Pause. Da ist er meistens auf der Terrasse und du könntest mit ihm reden.«

»Abgemacht.«

Am Nachmittag lag ein unangenehmer Sprühregen über der Küste, der die Klamotten ruckzuck durchnässte. Rike trug eine blaue Regenjacke, als wir uns zu Fuß auf den Weg zum Hotel von Luks Familie machten. Ich hatte mir vom Internat einen Regenschirm ausgeliehen, den Tom mir mit den Worten »Aber nicht damit wegfliegen, noch mal macht mein Herz so was nicht mit« überreicht hatte.

Das Hotel *Strandblick* lag, wie sein Name schon verriet, in unmittelbarer Nähe zum Strand – wenn man sich die Salzwiesen davor wegdachte. Von außen erinnerte es mich eher an eine Villa denn an eine typische Bettenburg. Auf der überdachten Terrasse luden Korbsessel und Hängematten zum Entspannen ein.

Rike schaute sich um. »Wenn Luk nicht auf der Terrasse relaxt, dann ist er bestimmt im Speiseraum.«

Ich schloss den Regenschirm und stellte ihn in einen dafür vorgesehenen Ständer auf der Terrasse. Dann betraten wir das Hotel, das von innen genauso hübsch anzusehen war wie von außen. Durch die großen Fenster erhellte das Tageslicht fast ungehindert die Räume, die allesamt mit gemütlichen Möbeln eingerichtet waren.

Rike schob eine große Glastür auf. »Wusste ich es doch. Da ist Luk, an dem hinteren großen Tisch im Essraum. Oh, und guck mal. Heute ist dein Glückstag. Jannis und Marc sind auch da. Dann kannst du gleich zwei Fliegen mit einer Klappe schlagen und dich bei beiden bedanken.« Das Grinsen, das bei diesen Worten ihren Mund umspielte, ließ deutlich durchblicken, dass sie ganz genau wusste, worum es mir hier wirklich ging.

»Wie praktisch«, murmelte ich, war aber zum Glück nicht so aufgeregt wie sonst in Jannis' Gegenwart. Vielleicht hatte ich auch das meinem Erlebnis von vorgestern zu verdanken.

Die drei Jungs waren in ein Gespräch vertieft. Jannis

hatte sich einen Schal um den Hals gebunden und hustete gelegentlich. Zu seinen Füßen lag Kapitän und döste vor sich hin. Vor ihnen standen Teller mit halb aufgegessenen Pizzen und große Gläser und Tassen mit Getränken.

»Hallo!« Rike begrüßte Luk mit einem Kuss und Marc und Jannis mit einer Umarmung. Dann hielt sie Jannis die Arbeitsblätter unter die Nase, die sie zuvor aus ihrer Tasche gezogen hatte. »Bitte. Geht es dir wieder besser?«

»Danke.« Er nahm die Blätter entgegen und legte sie neben seinen Teller. »Ich habe mir eine Erkältung eingefangen und hatte heute früh etwas Fieber. Aber es geht schon wieder.«

»Moin, Emma. Was für eine Überraschung. Geht es dir wieder gut?«, sprach Luk mich an.

»Setzt euch doch zu uns«, forderte Marc uns auf. Er rutschte zu Jannis auf die Bank und zog seinen Teller und das Glas rüber, sodass Rike und ich uns gegenüber von den Jungs hinsetzen konnten. »Habe schon von deiner zweiten unfreiwilligen Surfstunde gehört. Ich hoffe, du bist bald wieder ganz auf dem Damm.«

»Mir geht es wieder gut. Danke«, sagte ich in die Runde und kraulte Kapitän hinter den Ohren. Ich saß Jannis direkt gegenüber. Er hatte sich in die Arbeitsblätter vertieft.

Jetzt oder nie, sagte ich mir und räusperte mich.

»Also, Jannis und Luk, ich wollte mich bei euch noch mal dafür bedanken, dass ihr mich gerettet habt. Ohne euch wäre ich jetzt vermutlich eine Wasserleiche«, sagte ich und verwendete absichtlich Jannis' Worte nach meiner Rettung.

Für den Bruchteil einer Sekunde zuckte es verräterisch

um Jannis' Mundwinkel. Er schaute von den Übungsblättern hoch. »Da nicht für«, sagte er leise und lächelte leicht.

»Das war doch selbstverständlich. Hauptsache, dir geht es wieder gut. Was hatten wir alle eine Angst um dich!« Luk schüttelte den Kopf, als wollte er die Erinnerungen an den Abend vertreiben.

»Waghalsige Aktionen scheinen ja echt dein Ding zu sein«, bemerkte Marc und zwinkerte mir zu.

»Tut mir echt leid, dass ich so unvernünftig war. Es wird auch garantiert kein zweites Mal vorkommen«, versprach ich.

»Ich finde, darauf sollten wir trinken. Ich schmeiß eine Runde Fruchtcocktails«, verkündete Luk und sprang auf, um die Getränke zu organisieren. »Und für dich noch einen Kamillentee«, meinte er zu Jannis.

»Danke, aber ich werde mich mal mit Kapitän auf den Heimweg begeben und mich wieder ins Bett legen.« Jannis stand auf und nickte uns zum Abschied zu.

Als unsere Blicke sich begegneten, nahm ich meinen ganzen Mut zusammen und sprach ihn an. »Gute Besserung. Tut mir leid, dass es dir wegen mir nicht gut geht.«

»Schon gut, ich werde es überleben. Mir würde es viel schlechter gehen, wenn aus dir eine Wasserleiche geworden wäre.« Er lächelte mich an und musste wieder husten. »Wir sehen uns«, sagte er in die Runde und verschwand dann mit Kapitän aus dem Hotel.

Mit großen Augen sah ich den beiden hinterher. Wie hatte er das denn gemeint? Mein Herz überschlug sich fast in meiner Brust, als sich in mir die Hoffnung breitmachte, dass ich ihm doch nicht ganz egal war.

Wir saßen noch eine Weile zusammen und redeten über Dinge, die weniger dramatisch waren. Nachdem ich meinen Fruchtcocktail ausgetrunken hatte, verabschiedete ich mich von Rike, Marc und Luk, weil ich meiner Schwester versprochen hatte, ihr einen Besuch auf dem Reiterhof abzustatten.

Lea und Klara verfolgten auf den Zuschauerplätzen in der Halle eine Springreitstunde, wobei sie sich wiederholt über Jils ruppigen Reitstil aufregten, mit dem sie versuchte, Filou über die Hindernisse zu treiben. Mir tat das Tier ebenfalls leid und ich spürte, wie sich Wut in meinem Bauch aufstaute. Was fand Jannis nur an so einem groben Mädchen, das mit Lebewesen wie mit Dingen umging?

Die Reitlehrerin schoss indessen ihre Kommandos wie Salven auf die Reiter ab.

»Ruhiger Schenkel!«

»Denk an deine Ellenbogen!«

»Nicht zu dicht ans Hindernis heranreiten!«

»Achte auf das richtige Tempo!«

»Wenn du springst, guckst du geradeaus, nicht nach unten!«

Jil galoppierte mit hohem Tempo auf ein Hindernis zu und setzte dabei die Gerte ein. Filou riss erschrocken seinen Kopf hoch und stürmte auf die Mauer zu. Und dann passierte es. Kurz vor dem Absprung machte Filou eine Vollbremsung. Jil flog über das Hindernis und schlug mit voller Wucht auf dem Sandboden auf. Sie blieb regungslos liegen.

»Oh Gott!« Lea, Klara und ich sprangen auf.

Die Reitlehrerin eilte zu Jil, die immer noch bewegungslos am Boden lag. Ein Reitschüler sprang von seinem Pferd, um den aufgeregten Filou einzufangen und zu beruhigen.

»Kann jemand von euch einen Notarzt rufen?!«, rief die Lehrerin zu uns rüber.

»Ja«, antwortete ich und wählte die 112.

Der Rettungswagen mit dem Notarzt traf zehn Minuten später auf dem Reiterhof ein, in denen wir nichts tun konnten, außer zu warten, während die Reitlehrerin auf Jil einredete und versuchte, sie zu wecken.

Als Jil von den Sanitätern auf einer Trage in den Krankenwagen gebracht wurde, war sie immer noch etwas benommen, aber endlich wieder bei Bewusstsein.

Danach war selbst Lea und Klara die Lust auf Pferde für den heutigen Tag vergangen und wir gingen zurück zum Deichhaus, wo wir im Gemeinschaftssaal ein paar Brettspiele raussuchten, um auf andere Gedanken zu kommen. Mitten in einer Runde Monopoly schrieb Rike mir eine Nachricht und sagte, dass die Clique sich um 19 Uhr am Böhler Leuchtturm traf. Ich schrieb zurück, dass ich auch kommen würde, aber vorher schlug ich meine Schwester und ihre Freundin noch vernichtend. Dass ich mich danach verabschiedete, war den beiden nur recht.

Rike wusste schon über Jils Unfall Bescheid. »Marc hat es mir erzählt«, sagte sie, nachdem wir uns begrüßt hatten.

Wir liefen vom Sonnenhaus aus zum Deich.

»Woher weiß Marc denn davon?«, wollte ich wissen.

»Ein Kumpel von ihm war einer der Sanitäter, die Jil

ins Krankenhaus gebracht haben. Hoffentlich ist Jil bald wieder gesund.«

»Es sah böse aus, wie sie da so reglos auf dem Hallenboden gelegen hat«, merkte ich an, ohne zu erwähnen, dass sie diesen Unfall eventuell durch ihren groben Reitstil heraufbeschworen hatte. Dieser Zusatz schien mir in dem Moment nicht angebracht zu sein. Jil lag im Krankenhaus, und egal, ob ich sie mochte oder nicht, ich wünschte ihr, dass sie möglichst bald wieder gesund wurde.

Wir gingen über den Deich, wo sich die Clique am Fuße vom Böhler Leuchtturm versammelt hatte. Jannis war auch da. Er nahm Rike zur Begrüßung in den Arm und nickte mir kurz zu. Er wirkte müde und ungewöhnlich blass und angespannt, als würde ihn etwas belasten. Am liebsten hätte ich ihn gefragt, ob ich ihm helfen konnte, aber ich wusste, dann würde er nur wieder auf Abstand gehen.

»Ich soll euch alle von Jil grüßen. Ich war vorhin bei ihr im Krankenhaus. Eine heftige Gehirnerschütterung hat sie sich zugezogen«, erzählte Marc.

»Die Arme!«

»Hoffentlich ist sie bald wieder fit.«

»Wie lange muss sie denn im Krankenhaus bleiben?«

»Eine Woche auf jeden Fall. Und danach ist weiterhin Schonung angesagt. An dem wichtigen Turnier, für das sie trainiert hat, kann sie jedenfalls nicht teilnehmen«, meinte Marc.

»Oje!«

»Wie blöd!«

»Das tut mir leid.«

»Emma, du warst doch dabei. Wie ist das eigentlich genau passiert? Jil wollte darüber nicht reden.« Marc sah mich fragend an.

»Ja, ich war dabei ... Na ja, es gab da ein paar Probleme mit Filou beim Springtraining, bevor sie gestürzt ist«, sagte ich vage.

»Ich habe eigentlich immer gedacht, dass sie eine Superreiterin ist, und auf Filou reitet sie doch schon ziemlich lange. Da fällt man doch nicht einfach so runter«, bemerkte Marc.

»Ich glaube, Filou hatte an dem Tag einfach keine große Lust auf Springtraining«, versuchte ich, Jils Schwierigkeiten mit dem Pferd möglichst elegant zu umschreiben.

Damit brachte ich Jannis jedoch auf die Palme.

»Was soll das denn heißen?! Du als Nicht-Reiterin hast doch überhaupt keine Ahnung, wovon du da redest!«, platzte es unerwartet heftig aus ihm heraus.

Erschrocken zuckte ich zusammen. Mein Herz klopfte wie verrückt. »Ich habe doch bloß gesagt ...«

»Ich habe schon verstanden, was du gesagt hast.« Ein Hustenanfall schüttelte ihn.

Jannis funkelte mich wütend an, dann sprang er ohne ein weiteres Wort auf und verschwand über den Deich in die Dunkelheit.

Ich schaute ihm ratlos hinterher und konnte mir keinen Reim auf seine heftige Reaktion machen.

»Bin gleich wieder da.« Rike lief Jannis hinterher und war bald auch nicht mehr zu sehen.

»Filou ist bei Jannis ein sensibles Thema«, erklärte mir Paddy, ein Junge aus der Clique.

Ich nickte nur. Übelkeit stieg in mir auf. Ich wusste

nicht, wie ich mit der Situation umgehen sollte, fühlte mich miserabel und fragte mich, ob ich bei Jannis überhaupt irgendetwas richtig machen konnte. Immerhin hatte ich nichts Schlimmes gesagt, bloß dass das Pferd eben keine Lust auf Hindernisse gehabt hatte. An meiner Aussage konnte ich keinen Grund dafür finden, dass Jannis so wütend reagiert hatte.

Innerlich geknickt, verließ ich vorzeitig das Cliquentreffen und ging traurig zum Internat zurück.

15

Ich lag auf dem Bett und arbeitete an den Aufgaben, die wir für den nächsten Unterrichtstag im Englischcamp aufbekommen hatten. Die Sonne stand schon tief und tauchte das Zimmer in dämmrige Schatten. Ich schwang mich aus dem Bett und knipste das Licht an. Danach verzog ich mich wieder zurück in meine Schlafkoje und brütete weiter über dem Lückentext. Ich schlug gerade in einem Wörterbuch die dritte Verbform von »to tear« nach, als plötzlich die Zimmertür aufflog und Lea hereingestürmt kam.

»Du wirst nicht glauben, was ich gerade erfahren habe!«, keuchte sie.

Ich richtete mich abrupt auf. »Hast du mich erschreckt!«

Die Wangen meiner Schwester waren gerötet, als wenn sie den ganzen Weg vom Reiterhof bis zum Internat gerannt wäre. Ich guckte sie fragend an.

»Was ist denn passiert, um Himmels willen?«

»Filou soll verkauft werden!«

»Was?!«, fragte ich ungläubig.

»Notfalls auch an einen Schlachter!« Leas Augen schimmerten verdächtig.

»Das kann ich mir überhaupt nicht vorstellen.« Ich legte das Englischbuch an die Seite und dann tröstend einen Arm um meine Schwester. »Wer hat dir das denn erzählt?«

»Hannah, eine Pferdepflegerin vom Stall.« Lea wischte mit dem Handrücken ihre Tränen weg.

»Ist diese Hannah denn überhaupt eine sichere Informationsquelle?« Ich hatte ihren Namen zuvor nie gehört, wusste aber aus Leas Reiterverein in Köln, dass in Pferdeställen immer viel gequatscht wurde und dabei die wildesten Gerüchte entstanden.

Lea nickte bekümmert. »Das ist ganz sicher. Sie weiß es nämlich von Herrn Hansen, dem Besitzer des Reiterhofs, weil dann eine Box frei wird.«

»Aber wieso soll Filou auf einmal verkauft werden? Das verstehe ich nicht.«

»Das weiß ich auch nicht so genau. Vielleicht weil er Jil abgeworfen hat. Ist aber auch egal. Er darf nicht geschlachtet werden, nur weil er nicht über das Hindernis springen wollte. Das ist unfair und voll fies! Sie hat ihm beim Reiten wehgetan und irgendwann musste er sich doch mal gegen Jil wehren«, schluchzte Lea auf und vergrub ihr Gesicht an meiner Schulter.

Ich strich ihr mit einer Hand über den Rücken. Mich überkam mit einem Mal ein schlechtes Gewissen. Auf meiner persönlichen Beliebtheitsskala rangierte Jil zwar deutlich im Minusbereich, aber trotzdem wünschte ich ihr nichts Schlechtes – schon gar nicht, dass Filou verkauft wurde oder sterben musste.

Allerdings fragte ich mich auch, warum Jil das überhaupt zuließ. Nur weil das Pferd sie abgeworfen und sie sich dadurch unglücklicherweise eine Gehirnerschütterung zugezogen hatte? Das konnte vermutlich dem besten Reiter passieren und war noch lange kein Grund, Filou zu verkaufen oder ihn in den Tod zu schicken. Oder lief die Verkaufsaktion etwa hinter ihrem Rücken ab, solange sie im Krankenhaus lag, und Jil ahnte nichts davon? Das wäre natürlich megamies. Ich musste unbedingt Rike fragen, ob sie was darüber wusste. Gleich morgen wollte ich Nachforschungen darüber anstellen, was an den Verkaufsgerüchten dran war.

»So schnell wird kein Pferd verkauft. Auch nicht Filou«, versuchte ich, Lea zu trösten. »Bestimmt ist das bloß der Buschfunk.«

»Was ist der Buschfunk?«

»Na ja, einer hat was gehört und dann weitererzählt und am Ende war die Maus plötzlich ein Löwe mit Elefantenohren.«

»Meinst du?«, fragte Lea hoffnungsvoll.

»Bestimmt. Denk doch mal an die Gerüchteküche bei dir im Stall in Köln. Ich kann mir wirklich nicht vorstellen, dass Filou gleich verkauft werden soll, weil Jil gestürzt ist.«

Lea musste lachen. »Stimmt! Dann hätte er bestimmt schon längst verkauft werden müssen. Wahrscheinlich war es nicht das erste Mal, dass er sie abgeworfen hat.«

Ich wachte von dem Signalton meines Handys auf, das neben der Wasserflasche auf dem Boden lag. Durch die Vorhänge drang Tageslicht ins Zimmer. Ich blinzelte und rieb mir müde über die Augen.

Mann, was fühlte ich mich gerädert! Obwohl ich Lea damit beruhigt hatte, dass Filou bestimmt nicht so schnell verkauft werden würde, hatte ich in der vergangenen Nacht kaum geschlafen und mich unruhig von einer Seite auf die andere geworfen.

Meine Gedanken waren pausenlos um Filous Schicksal gekreist. Obwohl ich kein Pferdemädchen war, hatte die Geschichte großes Mitleid in mir ausgelöst.

Ich musste an Marcs Bemerkung denken und fragte mich, warum Filou für Jannis ein sensibles Thema war. Doch ich konnte darauf keine logische Erklärung finden. Noch weniger darauf, warum Jannis vor allen so ausgeflippt war.

Schlaftrunken griff ich nach dem Smartphone und wischte über das Display. Ich hatte eine neue Nachricht von Rike bekommen.

Hey! Kannst du für mich die Übungszettel heute einpacken? Kann leider nicht kommen, liege mit Kopfschmerzen im Bett.

Mist! Ausgerechnet heute, wo ich Rike doch auf die Sache mit Jil und Filou hatte ansprechen wollen. Aber krank war krank. Da konnte man nichts machen.

Huhu! Klar organisiere ich dir die Arbeitsblätter. Dann mal gute Besserung! Hoffentlich bist du bald wieder fit. Ich werde mich bestimmt heute ohne dich total langweilen!!!

Ich hatte die Nachricht gerade losgeschickt, als sich die Alarmfunktion meines Smartphones meldete. Zeit, aufzustehen und sich beim Frühstück für John the Rippers Folterkammer zu stärken.

Rike schien nicht die Einzige zu sein, die krank zu Hause geblieben war. Jannis' Platz und der eines anderen Teilnehmers blieben an diesem Tag ebenfalls frei.

Zu meiner eigenen großen Überraschung überstand ich den Tag auch ganz gut ohne Rikes moralische Unterstützung und beteiligte mich sogar hin und wieder mündlich am Unterricht, ohne dass jemand lachte, wie ich es immer befürchtet hatte.

Als ich die Tür vom Sonnenhaus aufdrückte, entdeckte ich meine kleine Schwester. Sie lehnte an der Tischtennisplatte und schien auf mich zu warten.

»Da bist du ja endlich!«, rief sie mir aufgeregt zu.

»Was ist denn? Ist was passiert?« Ich ahnte Schlimmes.

»Auf dem Reiterhof ist die Hölle los! Ein Mann ist da, der Filou kaufen möchte.«

»Das ging wirklich sehr schnell. Aber kein Pferdemetzger, oder?« Ein ungutes Gefühl machte sich in mir breit, aber ich versuchte, mir Lea zuliebe nichts davon anmerken zu lassen.

»Nee. Ein ganz normaler Typ. Aber der kann ihn nicht kaufen. Du wirst es nicht glauben, aber Filou ist aus seiner Box verschwunden!«

»Das gibt's doch gar nicht! So ein großes Pferd kann doch nicht einfach verschwinden«, überlegte ich laut.

Mir kam Filous plötzliches Verschwinden sehr merkwürdig vor. Steckte Jil etwa dahinter? Doch so weit ich informiert war, lag sie immer noch im Krankenhaus wegen ihrer Gehirnerschütterung.

»Komm, lass uns zum Pferdehof laufen. Vielleicht gibt es ja was Neues.« Ich wollte unbedingt herausfinden, was auf dem Reiterhof vor sich ging, und das konnte ich am besten direkt vor Ort.

Klara nahm uns vor der grünen Schiebetür des Stallgebäudes in Empfang. Sie war genauso aufgeregt wie Lea über das Verschwinden des Pferdes.

»Ist Filou inzwischen wieder aufgetaucht?«, fragte ich sie, obwohl ich mir denken konnte, dass dies nicht der Fall war.

»Nö. Aber dafür sein Besitzer. Kommt mit!«

Auf der Stallgasse, vor Filous Box, standen drei Männer. Neben dem interessierten Käufer und Herrn Hansen, dem Besitzer des Pferdehofs, war noch ein Mann im Anzug und mit polierten dunklen Lederschuhen anwesend. Er passte von seiner noblen Erscheinung her überhaupt nicht in einen Pferdestall. Der elegante Typ hatte einen knallroten Kopf. Er tobte und fluchte, als wäre er Rumpelstilzchen persönlich.

»Ist das Jils Vater?«, raunte ich Lea und Klara zu.

»Ich glaube schon«, flüsterte Klara.

Lea nickte. »Vermute ich auch. So, wie der sich aufregt.«

»Was heißt das, er war morgens einfach weg? Wollen Sie damit etwa sagen, hier kann nachts jeder Hans und Franz ein und aus gehen und Pferde stehlen?!«, schrie der Typ Herrn Hansen an.

»Natürlich nicht! Ich kann Ihnen versichern, dass alle Ställe während der Ruhezeiten von 22 Uhr 30 bis 5 Uhr morgens abgesperrt waren. Ich habe eigenhändig ab- und wieder aufgeschlossen«, erklärte Herr Hansen möglichst ruhig.

»Und wo ist das Pferd dann jetzt, wenn die Ställe verschlossen waren? Hat es sich etwa in Luft aufgelöst oder wollen Sie mir sagen, dass es die Box selbstständig geöffnet und dann die Stalltür aufgeschlossen hat?!«

»Was genau passiert ist, kann ich Ihnen noch nicht sagen. Ich bin mir aber sicher, dass Filou früher oder später wieder auftauchen und es eine ganz einfache Erklärung für sein Verschwinden geben wird.«

»Na, Sie haben vielleicht Nerven! Sollte der Gaul nicht binnen 24 Stunden wieder auftauchen, werde ich rechtliche Schritte gegen Sie und Ihren Klepperverein einleiten! Und die Presse wird davon auch Wind bekommen!«, tobte Jils Vater und stürmte wutentbrannt aus dem Stallgebäude. Durch das Stallfenster konnte ich auf den Innenhof blicken, wo der Mann auf einen Mercedes zuhetzte. Er knallte die Autotür hinter sich zu und brauste dann mit quietschenden Reifen vom Hof.

Wir entfernten uns von Filous Box, vor der sich Herr Hansen leise mit dem interessierten Käufer unterhielt.

»Was für ein Giftzwerg«, stellte ich fest. »Ich dachte, der explodiert jeden Moment und nimmt den gesamten Stall auseinander.«

»Es ist aber echt komisch, dass Filou einfach so verschwinden konnte, wo doch die Ställe abgeschlossen waren«, fand Klara.

»Äußerst merkwürdig, das Ganze«, stimmte ich ihr zu und dachte wieder an Marcs Bemerkung über Jannis und Filou. Mir erschien die Geschichte sehr mysteriös.

»Da vorne ist Hannah.« Lea zeigte zu einer jungen Frau, die eine Futterkiste über den Hof schob. »Lasst uns mal zu ihr gehen.«

»Hey, Hannah!«, riefen Klara und Lea.

Die Pferdepflegerin blieb stehen. »Na, ihr zwei.«

»Das ist meine große Schwester Emma«, stellte mich Lea ihr vor. »Ich habe ihr erzählt, dass Filou verkauft werden soll.«

»Das hat sich für den Moment ja erst einmal erledigt. Wo kein Pferd ist, da kann kein Verkauf stattfinden«, merkte Hannah sachlich an. »Habt ihr das Theater mit Filous Besitzer gerade mitbekommen? Der hat ja vielleicht rumgeschrien. Ich war im Nebenstall und konnte jedes Wort verstehen.«

»Haben wir. Es war wirklich nicht zu überhören. Echt heftig, dass Jils Vater Herrn Hansen sogar mit einem Anwalt gedroht hat«, fand ich.

»Wieso Jils Vater?«, fragte Hannah. »Der war doch gar nicht hier.«

»Nicht? Aber wer war denn dann dieser schnieke Typ mit dem Mercedes?«

»Das war Filous Besitzer, Rechtsanwalt Petersen.«

Ich schaute sie verständnislos an. »Jetzt versteh ich gar nichts mehr.«

»Petersen ist nicht Jils Vater, sondern der von Jannis.«

»Von Jannis?«, fragte ich verblüfft.

»Warum reitet Jannis ihn dann nicht, wenn er doch seinem Vater gehört?«, stellte Klara die entscheidende Frage.

»Ach, das ist etwas komplizierter. Filou gehört zwar Jannis' Vater, geritten wird das Pferd aber von Jil, weil weder Herr Petersen noch sein Sohn reiten können. Einen Teil der Haltungskosten zahlt aber Jannis. Deswegen jobbt er auch bei der Strandkorbvermietung seines Onkels.«

»Das sind wirklich merkwürdige Zusammenhänge«, fand ich. »Und dann dieser spontane Verkauf ...«

Hannah zuckte mit den Schultern. »Seitdem Jil mit einer Gehirnerschütterung im Krankenhaus liegt, möchte Herr Petersen nicht mehr teilweise für Filou aufkommen, weil er das Tier für gemeingefährlich hält. Und Jannis kann sich die monatlichen Unterhaltungskosten allein nicht leisten. Außerdem möchte Herr Petersen nicht die Verantwortung für Jils Gesundheit übernehmen. Schließlich hätte sie sich auch das Genick brechen können. So, genug geplauscht. Jetzt muss ich weiterarbeiten. Wollt ihr mir beim Füttern helfen?«

Lea und Klara wollten natürlich und begleiteten die Pferdepflegerin. Ich blieb zurück und schaute ihnen nach, während meine Gedanken sich überschlugen.

Warum finanzierte Jannis durch einen Nebenjob ein Pferd, das er nicht ritt? Dieses Rätsel wollte ich unbedingt für mich lösen. Ich musste dringender denn je mit Rike sprechen. Aber persönlich und unter vier Augen. Sie war vermutlich die Einzige, die Licht ins Chaos bringen und mir die Zusammenhänge erklären konnte. Hoffentlich waren ihre Kopfschmerzen bald wieder weg.

16

Nachdem ich wieder zurück im Internat war, setzte ich mich an die Englischaufgaben für den nächsten Tag. Mir schwirrte der Kopf und es fiel mir schwer, mich auf die Übungen zu konzentrieren. Meine Gedanken schweiften ständig zu dem ab, was Hannah uns erzählt hatte. Je mehr ich darüber nachgrübelte, umso weniger konnte ich mir einen Reim darauf machen, wie die Dinge zusammenhingen. Das war doch alles komplett unlogisch! Am liebsten hätte ich mich sofort mit Rike verabredet, um endlich Antworten auf meine Fragen zu bekommen.

Vielleicht ging es ihr ja schon besser? Ich schrieb ihr eine Nachricht bei WhatsApp.

Hi Rike! Habe für dich die Arbeitsblätter gesichert. Geht es dir schon besser?

Es dauerte nur eine Minute, bis ich eine Antwort bekam.

Hi! Danke, dass du an die Arbeitsblätter gedacht hast! Mir geht es schon viel besser! Die Kopfschmerzen waren mittags wieder weg. Bin dann mit meiner Mutter zum Geburtstag meiner Oma nach Garding gefahren. Da bin ich noch. Wenn alles klappt, komme ich später noch zum Strandfest an der Seebrücke. Jannis spielt auf dem Fest mit der Schulband. Bist du auch da?

Ich erinnerte mich daran, dass Rike von dem Strandfest erzählt hatte, aber dass Jannis dort mit seiner Band auftreten würde, war neu für mich. Das wäre eigentlich die perfekte Gelegenheit, um Rike nach der Sache mit Filou zu fragen, während Jannis auf der Bühne stand. So war es unauffälliger, als wenn ich sie direkt darauf ansprach.

Klar, bin ich da! Wo kann ich dich treffen?

Am besten direkt vor der Strandbühne.

Okay! Dann bis später!, schrieb ich ihr, dann zwang ich mich dazu, mich auf die Englischaufgaben zu konzentrieren.

Als ich abends an der Seebrücke mit dem Rad ankam, herrschte dort reger Betrieb. Auf dem Promenadenplatz waren mehrere Holzhäuschen aufgebaut worden. Neben Getränken, Waffeln, Fischbrötchen, Würstchen und Pommes frites entdeckte ich auch Büdchen, die Mode- und Bernsteinschmuck, Tee und Gewürze sowie Bienenwachskerzen und gemalte Bilder, auf denen Sehenswürdigkeiten aus St. Peter-Ording abgebildet waren, anboten. Einheimische und Touristen flanierten die Seebrücke entlang, gönnten sich ein Päuschen auf einer der vielen Bänke oder genossen Fischspezialitäten vom Grill zum Abendbrot.

Ich musste ungefähr zehn Minuten an den Fahrradständern warten, bis wieder ein Platz für meinen Drahtesel frei wurde. Nachdem ich das Rad angekettet hatte, machte ich mich von der Erlebnispromenade aus auf den Weg zum Strand, der mich über die mehr als 1.000 Meter lange Seebrücke führte, die über Salzwiesen und Priele direkt bis zum Strand verlief.

Nach der Bühne musste ich nicht lange suchen. Sie befand sich gleich neben dem Pfahlbaurestaurant *Arche Noah* und die Musik war ebenfalls nicht zu überhören.

Auch hier war mächtig was los. Die Leute standen dicht gedrängt nebeneinander und verfolgten gerade den Auftritt eines Shantychors in blau-weißen Trachten mit Fischgrätmuster und hippen Kapitänsmützen auf ihren Köpfen. Der Seemannschor sang aus vollen Kehlen Lieder über die Heimat, von Nordseewellen, Sturmgebraus und kreischende Möwen.

Das war nicht ganz meine Musik und so schaute ich mich um, ob ich Rike oder andere bekannte Gesichter in der Menschenmenge entdeckte. Da auch Jannis mit seiner Band einen Auftritt hatte, ging ich davon aus, dass einige Leute von der Strandclique anwesend waren.

Ich brauchte nicht lange Ausschau zu halten, da entdeckte ich Luk im Getümmel. Und wo Luk war, konnte auch Rike nicht weit sein. Ich quetschte mich durch die Menschen, bis ich bei ihm angekommen war.

»Hey, Luk!«, rief ich über den Gesang des Shantychors hinweg.

»Hi, Emma!« Luk umarmte mich zur Begrüßung.

Das überraschte mich, denn das hatte er zuvor noch nie getan. Es zeigte mir aber, dass er mich mochte und ich inzwischen zur Clique dazugehörte.

»Du bist sicher auch hier, um den Auftritt von Jannis und seiner Band nicht zu verpassen«, nahm er an.

»Ja, auch«, antwortete ich ausweichend.

»Oder stehst du etwa heimlich auf Seemannslieder?« Luk zwinkerte mir zu.

»Du hast mich durchschaut«, erwiderte ich lachend. »Ich bin hauptsächlich wegen Rike hier. Wir haben vorhin miteinander geschrieben und wollten uns eigentlich vor der Bühne treffen. Wo ist sie denn?«

»Rike ist gar nicht hier. Hat sie dir nicht erzählt, dass sie bei ihrer Oma in Garding ist?«

»Doch, hat sie. Aber sie meinte, dass sie später noch zum Fest kommen wollte.«

»Das hat sich leider geändert. Ursprünglich wollte sie mit ihrer Mutter nach dem Kaffeeklatsch wieder zurück nach St. Peter fahren, aber nun bleiben sie doch zum Abendbrot in Garding. Das kann dauern. Hat sie dir keine Nachricht geschrieben?«

Ich griff nach meinem Handy, das in der Gesäßtasche meiner Jeans steckte, und entdeckte tatsächlich eine Nachricht von Rike, die sie mir geschickt hatte, als ich schon unterwegs gewesen war.

»Doch, hat sie. Da war ich aber schon auf dem Weg hierher. Och, wie schade. Ich hatte mich schon darauf gefreut, sie zu sehen.« Das war es dann mit meinen Plan, Rike während Jannis' Auftritt unauffällig auf Filou, Jil und das Erscheinen von Jannis' Vater auf dem Hof anzusprechen. Nun musste ich mich doch noch länger gedulden, bis ich was über die Hintergründe erfuhr, obwohl Geduld nicht gerade zu meinen Stärken zählte.

Die Männer des Shantychors waren mit ihrer Gesangsdarbietung fertig und verließen unter tosendem Applaus der Zuschauer die Bühne, die lautstark eine Zugabe forderten.

»Nach denen ist Jannis mit der Band dran«, informierte mich Luk.

»Ah, okay.« Ich tat cool, so als ob mich Jannis' Auftritt nicht übermäßig interessieren würde.

Die Shantys kamen noch mal auf die Bühne, stellten sich wieder in Formation auf und schmetterten noch mal ein Medley.

»Hey, ihr zwei!« Marc tauchte neben uns auf. »Gleich geht's los. Endlich gute Musik und nicht so 'n alter Seemannsschmu wie der hier.«

»Vielleicht singen wir den in 50 Jahren auch«, scherzte Luk.

»Bestimmt nicht! Ich war gerade hinter der Bühne. Jannis und die anderen haben sich schon warm gespielt«, berichtete er. Die Vorfreude auf den Auftritt war ihm anzumerken.

»Was macht die Band denn für Musik?«, erkundigte ich mich bei Marc.

»Hauptsächlich schnellere Coversongs von Rockbands. Aber auch ein paar langsame Stücke sind dabei.«

Der Shantychor beendete nach der dritten Zugabe seinen Auftritt. Es erklang leise Musik von Coldplay aus den Boxen. Auf der Bühne wurde umgebaut und im Hintergrund ein Banner mit dem Bandnamen *Rockin Planet* aufgehängt. In das Publikum kam Bewegung. Die meisten Shantyfans wanderten Richtung Seebrücke ab, der Bandname schien ihnen nicht ganz geheuer zu sein. Dafür drängten sich nun zusehends immer mehr Teenager vor die Bühne, bis sie Schulter an Schulter standen und keine Hand mehr dazwischengepasst hätte.

Es lag eine besondere Stimmung in der Luft. Eine Mischung aus Spannung und Erwartung. Ich hatte mich seitlich von der Bühne hingestellt, fernab der Menschenmenge. Große Gruppenansammlungen auf Veranstaltungen waren noch nie mein Ding gewesen. Luk und Marc wollten sich jedoch bis ganz nach vorne durchkämpfen.

Eine Maschine tauchte die Bühne in dramatischen Nebel und die Hintergrundmusik erstarb. Es ging endlich los. Die Band betrat die Bühne und die ersten Töne von *Radioactive,* einem Song von Imagine Dragons, erklangen. Sofort drängte das Publikum noch mehr Richtung Bühne.

»Guten Abend! Wir sind *Rockin Planet!*«

Ich hörte Jannis' Stimme, die aus den Boxen erklang, und versuchte durch den dichten Nebel, in den die Bühne getaucht war, etwas zu erkennen. Nach dem zweiten Song hatten sich die Nebelschwaden einigermaßen verzogen und ich konnte ihn sehen. Er stand vorne am Mikro, war ganz in Schwarz gekleidet, sein Haar zerzaust wie immer. Er hatte sich seine Gitarre umgehängt und heizte mit seiner Rocksongperformance dem Publikum gehörig ein. Auf die Imagine Dragons folgten Songs von Rea Garvey, Harry Styles und The Script, die die Zuhörer begeistert mitsangen. Dann senkte sich das Scheinwerferlicht und Jannis stand plötzlich allein, nur mit seiner Gitarre, auf der Bühne.

»Den nächsten Song habe ich selbst geschrieben. Ich hoffe, er gefällt euch.«

Ich reckte den Hals, um möglichst viel sehen zu können. Er trat einen Schritt vom Mikrofon zurück und stimmte die ersten sanften Akkorde des Liedes auf seiner Gitarre an. Jannis sang mit geschlossenen Augen, als wollte er mit seiner Musik allein sein und nicht sehen, wer ihm beim Singen zuhörte.

Sofort war ich wie gefangen von dem sanften Klang seiner Stimme. Ich erlebte seinen Auftritt in einem tranceähnlichen Zustand und erwachte erst daraus, als der Song zu Ende war und er mit seiner Band die Bühne verließ.

Erst jetzt bemerkte ich, dass es dunkler und kälter geworden war. Ich fröstelte leicht, weil ich vergessen hatte, eine Jacke mitzunehmen. Trotzdem hielt ich Ausschau nach Luk und Marc, weil ich mich wenigstens von ihnen verabschieden wollte, bevor ich zurück ins Internat fuhr, doch es war unmöglich in dem Gewusel und bei der einsetzenden Dunkelheit, die Jungs ausfindig zu machen. So wurde das nichts mit dem Verabschieden. Ich überlegte, ob es noch eine andere Möglichkeit gab, den beiden Tschüs zu sagen. Vielleicht waren sie ja nach dem Auftritt noch mit Jannis verabredet?

Die Arme gegen die Kälte um meinen Oberkörper geschlungen, lief ich zur Rückseite der Bühne, die nicht wie bei großen Konzerten abgeriegelt, sondern frei zugänglich für jedermann war. Klar, große Stars spielten hier nicht und der Shantychor musste bestimmt auch nicht vor aufdringlichen Groupies geschützt werden.

Ich blieb vor einer Eisbude stehen und spähte zu einer Treppe hinüber, die zur Bühne hinaufführte, und entdeckte Jannis.

Fünf Typen und zwei Frauen schoben sich an ihm vorbei, um über die Treppe auf die Bühne zu gelangen. Der nächste Musik-Act, vermutete ich.

Applaus brandete auf und dann erklangen eine Gitarre und ein Keyboard auf der Bühne. Einige Augenblicke später brach Jannis auf, er lief zur Seebrücke. Dabei bekam ich mit, wie ihm etwas aus seinem Rucksack fiel, den er offensichtlich nicht richtig zugemacht hatte.

Ich eilte zu der Stelle, wo der Gegenstand liegen musste. Im Sand lag eine schwarze Kladde.

17

Ich hob das Notizbuch auf und klopfte vorsichtig den Sand ab. Nachdenklich drehte ich die Kladde in meinen Händen und betrachtete sie. Sicherlich würde Jannis das Notizbuch wiederhaben wollen, wenn er bemerkte, dass er es verloren hatte. Am besten, ich lief ihm hinterher und gab es ihm gleich.

Mittlerweile war er auf der Höhe der Seebrücke angekommen. Ich musste mich sputen, wenn ich ihn noch einholen wollte. Indessen lief Jannis die Seebrücke zur Erlebnispromenade entlang. Ich rannte los, bog wie er bei einem Fischrestaurant um die Ecke und folgte ihm durch Straßen und über Wege, bis er auf einmal die Straßenseite wechselte und eine Grünanlage neben einer Kirche betrat. Dort verschwand er hinter hohen Hecken und Büschen.

Nanu? Was wollte er denn abends in einem Park? Ich überquerte ebenfalls die Straße und blieb an der Mauer neben dem Eingang stehen, an der ein Schild angebracht war. *Alter Friedhof Sankt Peter-Ording.* Unwillkürlich stellten sich mir die Nackenhaare auf. Jannis besuchte Friedhöfe am Abend. Wie gruselig war das denn?

Ich presste seine Kladde an meine Brust. Vor meinem inneren Auge sah ich schon, wie sich die Grabsteine geräuschvoll zur Seite schoben und eine Horde Untoter über St. Peter-Ording herfiel. Hätte er sich nicht einfach einen stinknormalen Park aussuchen können statt eines Totenackers?! Doch umdrehen kam für mich nicht infrage.

Augen zu und durch, befahl ich mir und betrat den Friedhof mit klopfendem Herzen.

Wenigstens war dieser Friedhof nicht so groß wie die bei uns in Köln und so hatte ich Jannis bald aufs Neue aufgespürt. Ich folgte ihm weiterhin heimlich, wollte erst mal sehen, wohin er ging, und nicht auf einem Gräberfeld auf ihn zustürmen, um ihm sein Notizbuch zurückzugeben. Schließlich sollte er vor Schreck keinen Herzinfarkt bekommen, denn vermutlich rechnete er nicht damit, dass um diese Uhrzeit noch jemand zugegen war.

Plötzlich blieb er an einem Grab stehen und sprach dort mit jemandem. Offenbar gab es doch Leute, die man abends auf Friedhöfen in St. Peter-Ording traf. Ich verengte meine Augen zu Schlitzen, doch in der Dämmerung konnte ich niemanden sehen. Nach einer Weile entfernte sich Jannis wieder von dem Grab.

Unschlüssig blieb ich stehen, wo ich war. Eigentlich hatte ich ihm die Kladde ja sofort zurückgeben wollen, doch nun war meine Neugier geweckt und ich wollte wissen, bei welchem Grab er gewesen war und mit wem er da gesprochen hatte. Meine Neugier siegte schließlich. Die Kladde konnte ich ihm auch am nächsten Tag zurückgeben. Außerdem würde er dann nicht denken, dass ich ihm gefolgt war, wenn ich ihn jetzt nicht hier überfiel.

Obwohl ich mich bemühte, möglichst keine Geräusche zu machen, knirschten kleine Steinchen unter meinen Sohlen, als ich den Weg zu dem Grab entlanglief, das neben einem kleinen Springbrunnen lag, dessen Wasser leise vor sich hin plätscherte. Ich blieb vor der Grabstätte stehen und blickte mich unschlüssig um. War hier noch jemand oder war ich inzwischen allein?

Als ich keine andere lebende Person ausmachen konnte, blickte ich auf das Grab. Ich versuchte, die Inschrift auf dem Grabmal zu lesen, doch es war zu dunkel. Kurz entschlossen griff ich nach meinem Handy und schaltete die Taschenlampenfunktion ein. Ich leuchtete mit meinem Smartphone auf den Grabstein.

Anna Petersen, geboren 1999, gestorben 2015.

Nach meiner Entdeckung war ich zurück zur Seebrücke gelaufen und hatte das Rad geholt. In meinem Kopf existierte nur eine Frage: Wer war Anna Petersen?

Als ich zurück im Internat war, wollte ich gleich im Internet recherchieren, doch zunächst musste ich mir die neuesten Neuigkeiten vom Pferdehof anhören.

Lea war so aufgedreht, dass sie noch wach war, und erzählte mir, dass es immer noch keine heiße Spur von Filou gab und sie sich um den Verbleib des Pferdes Sorgen machte. »Vielleicht ist er ins Watt gelaufen und nun in Seenot?«

»So wie ich, meinst du?«

Lea nickte. »Klara und ich wollen morgen nach ihm suchen. Aber keine Sorge, wir gehen nicht ins Watt.«

Nachdem meine Schwester es sich mit einem Buch in

ihrem Bett bequem gemacht hatte und bald darauf beim Lesen eingeschlafen war, konnte ich endlich in Ruhe recherchieren. Anna Petersen musste wegen des gleichen Nachnamens auf jeden Fall eine Verwandte von Jannis sein. Ich googelte den Namen und gab dazu noch St. Peter-Ording ein.

Tatsächlich gab es zu meiner Suchanfrage mehrere Treffer. Ich klickte einen Link nach dem nächsten an und fand heraus, dass Anna Petersen bei einem Strandsegelunfall in St. Peter-Ording ums Leben gekommen war. Viel mehr konnte ich den Links allerdings nicht entnehmen. Einen detaillierter Unfallbericht fand ich online nicht, was vermutlich daran lag, dass dieses Ereignis bereits mehrere Jahre her war. Ich überlegte, ob es noch eine andere Suchmöglichkeit gab. Mein Blick fiel auf Jannis' Kladde, die neben mir lag. Eigentlich wollte ich nicht hineinschauen. Aber vielleicht kam ich so des Rätsels Lösung auf die Spur.

Ich blätterte die Kladde durch, die ausschließlich Songtexte enthielt. Allesamt auf Deutsch, mit tieftraurigen Inhalten, die sich mit Angst, Verlust und Hoffnung beschäftigten. In der Mitte des Notizbuches hielt ich inne. Ich war auf ein Lied mit dem Titel *Anna* gestoßen, in dem es um den Verlust einer großen Liebe ging, die über den Tod hinaus bestand und deren Andenken gegen alle Widerstände bewahrt wurde.

Nachdenklich klappte ich die Kladde zu. Ich wusste zwar immer noch nicht, wer Anna für Jannis war, aber ich hatte das Gefühl, dass ich kurz davorstand, hinter sein Geheimnis zu kommen.

»Moin! Gut geschlafen? Wie war das Strandfest? Soll ziemlich abgegangen sein, habe ich von Luk gehört«, empfing mich Rike vor dem Unterricht. Sie hockte auf der Tischtennisplatte und kaute auf einem Kaugummi herum, mit dem sie Blasen machte, bis sie knallend zerplatzten.

»Frag mich lieber, wie der Tag insgesamt gewesen ist. Der ist nämlich auch ziemlich abgegangen.«

Rike zog die Stirn kraus. »Was meinst du damit?«

Ich erzählte ihr im Schnelldurchlauf von den Ereignissen des gestrigen Tages und was ich über Anna Petersen herausgefunden hatte. Rike lauschte meinem Bericht mit ernster Miene. So kannte ich sie gar nicht. Sonst war sie immer fröhlich und gut gelaunt.

»Weißt du etwas über den Unfall oder hast du Anna gekannt?«

»Lass uns später darüber reden«, wiegelte sie ab und blickte zur Tür vom Sonnenhaus, durch die sich Jannis und zwei andere Schüler schoben. »Am besten nach dem Englischkurs. Das ist eine längere Geschichte, die kann ich nicht eben in zwei Minuten erzählen. Okay?«

Die Englischstunden zogen sich wie Kaugummi hin, aber endlich waren wir erlöst und konnten uns auf mein Zimmer verdrücken. Die Kladde hatte ich Jannis nicht zurückgegeben, obwohl ich sie in meinem Rucksack dabeigehabt hatte. Während der Pausen und auch nach Unterrichtschluss hatte sich keine passende Gelegenheit ergeben, ihm das Notizbuch zurückzugeben. Nie war er alleine gewesen, ständig stand jemand bei ihm und lobte seinen tollen Auftritt beim Strandfest. Vielleicht war es besser so, wenn ich vorher von Rike die ganze Geschichte erfuhr.

Wir setzten uns auf mein Bett.

»Ich habe Anna tatsächlich gekannt«, begann Rike. »Sie war Jannis' ältere Schwester und eine gute Freundin von mir. Vor einigen Jahren ist sie bei einem Unfall in einem selbst gebauten dreisitzigen Strandsegler ums Leben gekommen. Ich war an dem Tag auch mit einem Segelwagen am Strand unterwegs und habe den Unfall quasi hautnah miterlebt.«

Ich schlug mir die Hände vors Gesicht. »Oh, mein Gott! Wie furchtbar! Das tut mir so leid!«

»Es war der totale Horror. Mein Vater war damals noch Strandsegellehrer und hatte an dem Tag die Aufsicht beim Segeln. Er war als Erster am Unfallort und hat den Krankenwagen gerufen. Danach hat er seinen Lehrerjob an den Nagel gehängt. Der Schock sitzt ihm heute noch in den Knochen.«

»Dein armer Papa!«

»Ja. Seitdem macht er sich Vorwürfe.«

»Aber er kann doch nichts für den Unfall. Sagtest du nicht vorhin, dass Anna in einem Dreisitzer gesessen hat? War sie denn alleine?«, fragte ich.

»Nein. Jannis war auch dabei. Er und sein Vater, der übrigens Fahrer gewesen ist. Herr Petersen hat die Kontrolle über den Strandsegler verloren und ist dann mit dem Segelwagen ungebremst gegen einen Holzpfahl gedonnert. Den Knall höre ich heute noch.« Rike schaute auf ihre Hände. »Oft träume ich von dem Tag. Aber in meinen Träumen wird alles gut. Da steht Anna einfach aus dem Sand auf und ist unverletzt.«

»Ich weiß gar nicht, was ich sagen soll ...«

Rike lächelte mich tapfer an. »Der wirkliche Leidtragende hier ist Jannis. Er wurde damals völlig aus der Bahn geworfen. Den Verlust seiner Schwester hat er bis heute nicht verkraftet. Seit Annas Tod verfolgt er akribisch das Ziel, der beste Strandsegler der Welt zu werden, um den Wagen in jeder Situation zu kontrollieren. Und das macht er für Anna.«

Langsam verstand ich, warum einige Dinge so waren, wie sie waren. »Ich kann verstehen, dass er das für seine Schwester tut. Aber was ich trotzdem nicht kapiere, ist die Geschichte um Filou.«

»Jannis kann nicht reiten. Und eigentlich ist Filou auch Annas Pferd. Sie war eine ziemlich gute Reiterin, hat viele Preise auf Turnieren gewonnen. Das, was für Jannis das Strandsegeln ist, war für Anna das Reiten. Und ihr Pferd. Herr Petersen wollte Filou gleich nach Annas Tod verkaufen, doch Jannis hat sich dagegen mit Händen und Füßen gewehrt, weil Filou für ihn die letzte Verbindung zu seiner toten Schwester darstellt. Durch das Pferd hat er das Gefühl, mit Anna weiterhin verbunden zu sein, noch etwas für sie tun zu können, wenn er sich um Filou kümmert. Verstehst du das?«

Ich nickte und schluckte einen großen Kloß in meinem Hals hinunter. »Auf jeden Fall.«

»Anna hätte nie im Leben das Pferd hergegeben. Deswegen jobbt Jannis seit dem Unfall bei seinem Onkel in der Strandkorbvermietung, um den Großteil für die Stallmiete und das Futter aufzubringen. Und Jil bewegt Filou regelmäßig und tritt auch mit ihm auf Turnieren an, bei denen es Siegerprämien gibt, die Jannis wieder in die Haltung des Pferdes investiert«, erklärte Rike. »Sie ist zwar manchmal etwas durchgeknallt, aber im Grunde genommen eine gute Freundin, auf die man sich verlassen kann.«

Normalerweise hätte mir ein ganzes Gebirge vom Herzen fallen müssen. Jannis und Jil waren bloß gute Freunde. Kein Paar. Doch trotz der guten Nachricht für mich lag mein Herz schwer in der Brust. In das Gefühl von Erleichterung mischte sich gleichzeitig ein tiefes Mitgefühl für ihn. Was für eine schreckliche Tragödie für Jannis und seine Familie und wie heldenhaft von ihm, dass er alles dafür tat, damit das Pferd seiner Schwester nicht verkauft wurde.

»Danke, dass du mir das alles erzählt hast.« Für mich war glasklar, dass nur Jannis hinter dem Verschwinden von Filou stecken konnte. Und das musste auch sein Vater wissen. Ich sprach Rike allerdings nicht auf meinen Verdacht an, weil ich sie nicht in Schwierigkeiten bringen wollte, falls sie darüber etwas wusste. Rike hatte mir schon genug erzählt. Daher beschloss ich, Jannis so schnell wie möglich seine Kladde zurückzugeben und ihm wegen Filou meine Hilfe anzubieten.

18

Nachdem Rike sich verabschiedet hatte, um sich mit Luk zu treffen, überlegte ich, was ich am besten tun sollte. Das Gespräch hatte mir in vielen Punkten Klarheit gebracht und mich in meiner Ansicht bestätigt, dass Jannis kein schlechter Kerl war, sondern nur viele Probleme hatte. Er musste seine Schwester sehr geliebt haben, wenn er alles dafür tat, damit ihr Pferd nicht verkauft wurde. Deswegen steckte ich das Notizbuch in meine Tasche und radelte damit am frühen Nachmittag zur Strandkorbvermietung Petersen an den Ordinger Strand, in der Hoffnung, ihn dort anzutreffen und mit ihm reden zu können. Die Tür der Strandkorbvermietung war geöffnet, davor döste Kapitän auf einer Hundematte in der Sonne. Ich stieg vom Rad und lehnte es gegen einen Holzpfahl am Wegesrand. Dann ging ich zu dem Holzhäuschen und blieb vor dem Eingang mit dem bunten Fliegenvorhang stehen.

»Hallo? Ist jemand da?«, fragte ich, während Kapitän mich schwanzwedelnd begrüßte.

Im Innern der Bude wurde ein Stuhl geräuschvoll über den Boden geschoben. Einen Augenblick später trat Jannis durch den Vorhang. Als er mich sah, schaute er mich überrascht an. »Ach, du? Mit dir habe ich nicht gerechnet. Jetzt sag nicht, dass du einen Strandkorb mieten willst. Ist heute schon zu spät dafür. Die Sonne geht bald unter.«

»Nee, ich will zu dir.«

»Zu mir?«, fragte er ungläubig und fuhr sich mit einer Hand durch die Haare. »Warum das denn?«

»Ich habe etwas, das dir gehört.«

Ich öffnete meine Tasche, holte die Kladde hervor und hielt ihm das Notizbuch entgegen.

In Jannis' Gesicht zeichnete sich zuerst Verblüffung und dann Erleichterung ab. »Wow. Danke, Emma.« Er nahm die Kladde an sich und hielt sie wie einen kostbaren Schatz in seinen Händen. »Aber wie kommst du an mein Notizbuch? Ich habe es schon überall gesucht.«

»Du hast es gestern beim Strandfest verloren, warst dann aber so schnell weg, genau wie nach dem Unterricht, dass ich es dir nicht eher zurückgeben konnte. Deswegen bin ich hierhergekommen, weil ich dachte, dass du vielleicht arbeitest.« Die Einzelheiten des gestrigen Abend ließ ich bewusst weg.

»Tausend Dank dafür ... echt, Emma!« Jannis wirkte mit einem Mal deutlich entspannter und schaute mich lächelnd an.

»Da nicht für«, winkte ich ab. Diese norddeutsche Redensart hatte ich mir mittlerweile angewöhnt. »Ich dachte einfach, dass du es schnell wiederhaben möchtest.«

»In der Tat. Ich habe schon geglaubt, es wäre endgültig verschollen. Echt cool, dass du es mir gebracht hast.«

»Kein Ding. Ich habe von meiner Schwester übrigens erfahren, dass Filou verschwunden ist.«

Ein Schatten glitt sogleich über sein Gesicht. »Und?«

»Na ja, ich dachte mir, dass du vielleicht Hilfe gebrauchen könntest«, sagte ich vage, ohne ins Detail zu gehen, was ich wusste oder besser, glaubte zu wissen.

»Es ist echt supernett von dir, dass du mir meine Kladde gebracht hast, Emma. Aber über Filou möchte ich nicht reden. Bitte halt dich da raus. Deswegen gibt es schon genug Ärger«, sagte Jannis mit eindringlicher Stimme und auf seiner Stirn bildete sich eine Sorgenfalte.

»Okay ... aber wenn ich helfen kann, dann ...«

»Kannst du nicht«, sagte er abwehrend. »Noch mal danke für die Kladde. Ich muss jetzt wieder rein. Tschüs, Emma.« Damit drehte er sich um und verschwand wieder hinter dem bunten Fliegenvorhang. Kapitän folgte ihm.

Das war nicht so gelaufen, wie ich es mir erhofft hatte. Doch ihm hinterherzulaufen, würde nichts bringen, so gut kannte ich ihn mittlerweile. Er hatte sich in sein Schneckenhaus zurückgezogen, was in dem Fall das Büdchen der Strandkorbvermietung seines Onkels war, und würde es wahrscheinlich nicht so schnell wieder verlassen. Also beschloss ich, ihm erst einmal den Abstand zu geben, den er brauchte, und fuhr zurück zum Deichhaus.

Am Tag darauf schaute ich nachmittags bei Lea und Klara auf dem Reiterhof vorbei. Vielleicht gab es irgendwelche spannenden Neuigkeiten.

Die Mädchen spannten gerade zwei Shetlandponys vor eine Minikutsche, um mit ihnen einen Ausflug zu unternehmen.

»Filou ist zwar noch nicht wieder aufgetaucht, aber dafür jemand anderes«, sagte Klara geheimnisvoll.

»Rate mal, wer«, forderte mich meine kleine Schwester auf.

Ich zuckte ahnungslos die Schultern. »Keine Ahnung. Jannis' Vater?«, riet ich.

»Jil ist wieder da«, platzte es aus Klara raus.

»Ach, dann ist sie also wieder aus dem Krankenhaus raus. Was hat sie denn hier gemacht, wenn Filou verschwunden ist?«

»Sie war nur kurz da. Klara hat mitbekommen, dass sie etwas aus ihrem Spind geholt hat. Keine Ahnung, was, und dann ist sie auch schon wieder weg gewesen.«

»So, fertig. Wir können losfahren«, verkündete Klara.

»Okay. Ich gehe wieder zum Campus zurück. Da findet nämlich eine kleine Kinovorstellung statt. Dann mal gute Fahrt, ihr zwei. Und verfahrt euch nicht«, scherzte ich.

Lea rollte mit den Augen. »Haha. Sehr komisch.«

Ich zwinkerte ihr zu und machte mich auf den Rückweg zum Campus.

Die Filmvorstellungen im Nordsee-Internat waren ziemlich beliebt. Sie kosteten nichts und waren für jeden zugänglich. Daher platzte die Aula fast aus allen Nähten, als ich dort eintraf. Ich war mit Rike verabredet, die Luk mitgebracht hatte, weil er einen freien Tag hatte.

»Gut, dass wir schon so früh da waren.« Sie deutete auf den Platz neben sich, den sie für mich freigehalten hatte.

»Danke.« Ich setzte mich.

»Ist jedes Mal das Gleiche hier. Fast wie in Spanien, wo die Leute sich morgens ihre Liegen mit Handtüchern reservieren«, stellte Marc fest und machte dabei eine ausschweifende Handbewegung über die bereits Anwesenden.

»Ich war übrigens gerade bei Lea und Klara auf dem Reiterhof und habe erfahren, dass Jil heute dort war.«

»Ich weiß. Sie ist mittags aus dem Krankenhaus rausgekommen. Jannis und sie kommen übrigens auch noch«, sagte Rike.

Auf den Auftritt war ich gespannt. Jil interessierte mich dabei weniger, vielmehr war ich neugierig darauf, wie sich Jannis mir gegenüber verhalten würde – ob er noch in seinem Schneckenhaus saß oder sich die Situation inzwischen entspannt hatte.

Als die beiden schließlich in der Aula ankamen, hatte der Film bereits begonnen.

»Schietwetter«, bemerkte Jannis zur Begrüßung knapp und zog seine Regenjacke aus. Als sein Blick mich streifte, lächelte ich ihn an.

Jil sagte gar nichts. Sie zog keine Show ab, stattdessen verhielt sie sich unauffällig und setzte sich mit einem Kissen auf den Boden. Ich konzentrierte mich wieder auf den Film, der nach einer Weile von einer immer lauter werdenden Geräuschkulisse aus prasselndem Regen und heulendem Wind untermalt wurde. Hoffentlich waren Lea und Klara nicht mehr mit der Ponykutsche unterwegs, sondern hockten inzwischen im trockenen Stall.

»Sorry, kann ich mal eben raus?« Ich schob mich durch die Sitzreihe und verließ die Aula. Meine Eltern hatten mir inzwischen ein neues Smartphone geschickt, mit dem ich kurz bei meiner Schwester anrufen wollte, um mich zu vergewissern, dass sie und Klara im Trocknen waren.

Ich rief Lea auf ihrem Handy an, doch sie ging nicht dran. Wahrscheinlich hatte sie es mal wieder nicht dabei, sondern im Spind liegen lassen. Typisch, meine Schwester! Ich wählte als Nächstes die Nummer vom Reiterhof.

»Reiterhof Hansen«, meldete sich der Besitzer des Pferdehofs am anderen Ende der Leitung.

»Hallo, Herr Hansen. Hier ist Emma Overbeck. Ich wollte nur kurz nachfragen, ob Lea und Klara mit der Ponykutsche zurück sind.«

»Nee. Die Mädels sind noch nicht wieder da. Haben sich bestimmt irgendwo mit den Shetties untergestellt und warten, bis es wieder trocken ist.«

»Okay ...« Das gefiel mir gar nicht. »Könnten Sie Lea bitte ausrichten, dass sie sich bei mir melden soll, wenn sie zurück ist?«

»Ja, sicher. Das mache ich«, versprach Herr Hansen.

Ich bedankte mich und kehrte wieder zurück in den Saal.

»Was ist denn? Du siehst besorgt aus«, fragte Rike.

Ich erzählte ihr, dass Lea und Klara noch nicht wieder im Stall eingetroffen waren. »Deswegen mache ich mir etwas Sorgen.«

Draußen nahm der Sturm weiter an Fahrt auf, bis aus dem anfänglich leichten Wind ein handfester Orkan geworden war. Ich schaute im Sekundentakt auf mein Handy. Wann meldete sich Lea endlich? Nach einer Weile hielt ich es einfach nicht mehr aus und sprang von meinem Sitz auf.

»Ich muss Lea und Klara suchen gehen«, sagte ich entschieden zu Rike und eilte aus der Aula.

Rike und Marc liefen mir nach.

»Hast du eine Macke? Bei dem Wetter kannst du niemanden suchen gehen. Der Sturm ist dafür viel zu stark. Wenn wir Pech haben, müssen wir so lange hier bleiben, bis der Spuk vorbei ist.«

»Sich jetzt da draußen aufzuhalten, ist lebensgefährlich«, bekräftigte Marc Rikes Aussage.

Aus der Aula kamen nun vereinzelt Leute ins Foyer. Der Film schien zu Ende zu sein, aber tatsächlich konnte niemand bei dem Wetter das Gebäude verlassen. Jil und Jannis stellten sich zu uns. Ich beachtete sie nicht.

»Aber ich bin ihre Schwester. Ich muss irgendwas tun. Stell dir mal vor, deine Schwester wäre da jetzt draußen. Würdest du dann Däumchen drehen?«, fragte ich Marc.

Bevor Marc antworten konnte, wurde mein Name gerufen.

Ich schwang herum.

Tom kam auf mich zu. Er hielt ein Telefon in der Hand. »Herr Hansen vom Reiterhof hat angerufen.«

»Sind Lea und Klara endlich mit den Ponys zurück?«, fragte ich hoffnungsvoll.

»Die Ponys sind mit der Kutsche, aber ohne die Mädchen auf den Hof zurückgekommen«, berichtete er mit düsterem Gesicht.

»Was?! Aber das kann doch nicht sein! Wo sind sie denn?«, rief ich panisch.

Tom legte mir beruhigend eine Hand auf die Schulter. »Ich rufe jetzt die Polizei an und melde die Mädchen als vermisst. Danach benachrichtige ich deine Eltern und die von Klara. Sobald es was Neues gibt, sage ich dir sofort Bescheid. Wir müssen jetzt abwarten.« Tom ging zum Verwaltungstrakt zurück.

Mir war schwindelig und speiübel. »Das kann doch nur bedeuten, dass Lea und Klara etwas zugestoßen ist«, presste ich mit tränenerstickter Stimme hervor.

»Das kann auch etwas ganz anderes bedeuten. Vielleicht haben sich die Pferde durch das Gewitter erschreckt und sind dann in Panik zurück zum Stall gelaufen und deine Schwester und Klara warten nun irgendwo auf schöneres Wetter«, versuchte ausgerechnet Jil, mich zu beruhigen.

Doch ich war völlig von der Rolle und malte mir in Gedanken die schlimmsten Szenarien aus, blieb aber, wo ich war.

Nach ein paar Minuten, die wie Stunden wirkten, kam Tom zu uns zurück. Er hatte Tee mitgebracht. »Die Polizei ist verständigt. Sie suchen jetzt nach Lea und Klara.«

Ich saß auf einer Bank und zitterte vor Aufregung am ganzen Körper. Rike und Marc unterhielten sich leise. Jil hatte sich neben mich gesetzt und sprach mir Mut zu.

Der Tee in meiner Tasse wurde kalt und auch sonst nahm ich nicht viel um mich herum wahr, während sich in meinem Kopf immer wieder die gleichen Horrorszenarien abspielten wie in einem schlechten Film.

»Emma!«, rief Tom und riss mich aus meinen Gedanken.

Ich hob den Kopf. Tom winkte mir hektisch zu. Mit zitternden Knien und einem Kloß im Hals ging ich zu ihm und betete insgeheim, dass er mir keine weitere Hiobsbotschaft überbringen musste.

»Schau mal, wer da kommt.« Er zeigte zum Eingang.

Ich riss die Augen auf. Jannis kam auf uns zu und er

brachte Lea und Klara mit. Die Mädchen waren total durchnässt.

»Lea! Klara!« Ich stürmte auf sie zu und umarmte sie überglücklich. »Ich habe mir solche Sorgen gemacht. Was macht ihr denn für Sachen?«

»Nichts Schlimmes, aber dieser blöde Sturm hat die Leiter einfach umgeworfen«, sagte Lea.

»Was für eine Leiter denn?«, fragte ich.

»Von dem Baumhaus«, erklärte Jannis. »Die Mädels sind nämlich detektivisch hochbegabt. Vor ein paar Tagen haben die beiden Filous Versteck spitzbekommen und ihn dann dort täglich von dem Baumhaus aus beobachtet. Das habe ich aber wiederum auch bemerkt. Deswegen hatte ich sofort einen Verdacht, wo die beiden steckten, und bin direkt dorthin gegangen.«

»Danke, Jannis.« In der Aufregung und Sorge um die Mädchen hatte ich nicht mitbekommen, dass Jannis sich vom Campus weggeschlichen und im Sturm verschwunden war. »Ich weiß nicht, wie ich dir dafür danken kann.«

Jannis zuckte mit den Schultern und vergrub seine Hände in den Hosentaschen seiner Jeans. »Schon okay.« Er lächelte leicht.

»Jetzt müssen wir aber unbedingt der Polizei und vor allem euren Eltern Bescheid geben, dass ihr wieder da seid. Wollt ihr eben zu Hause anrufen?«

Wir gingen mit Tom in das Verwaltungsgebäude, von wo aus wir telefonierten und unseren Eltern und der Polizei mitteilten, dass die Mädchen wohlbehalten zurückgekehrt waren.

»Wo hast du eigentlich dein Handy?«, fragte ich meine

Schwester, nachdem wir die Verwaltungsräume wieder verlassen hatten.

»Im Spind auf dem Reiterhof.«

»Da liegt es gut.«

»Jap.«

»Bedankt euch bitte bei Jannis dafür, dass er trotz des Sturms rausgegangen ist, um euch zu suchen«, forderte ich die Mädchen auf.

»Würden wir ja gerne tun, wenn wir ihn sehen würden«, meinte Klara.

Ich blickte mich um, konnte aber nur Rike, Marc und Jil entdecken. »Komisch, gerade war er doch noch hier. Weißt du, wo Jannis ist, Rike?«

»Du kennst ihn doch. Er taucht eben gerne ab«, antwortete sie.

»Ich brauche jetzt unbedingt was zu essen«, meinte Lea. »Lasst uns in die Mensa gehen.«

»Gute Idee. Mein Magen knurrt schon wie ein Seebär«, pflichtete Klara ihr bei.

Während meine Schwester, Klara und Rike mit großem Appetit eine Lasagne aßen, stocherte ich lustlos in meinem Essen herum. Nein, so einfach würde mir Jannis nicht davonkommen. Ich musste mich unbedingt noch einmal bei ihm dafür bedanken, dass er Lea und Klara gerettet hatte! Bisher war er meinen Versuchen erfolgreich ausgewichen.

»Deine Lasagne wird kalt«, erinnerte mich Lea ans Essen.

»Ja, ich habe nur gerade etwas überlegt«, sagte ich und stopfte mir gedankenverloren eine volle Gabel in den

Mund. Dieses Mal würde ich es anders machen, überlegte ich, während ich kaute. Dabei würde ich die gleiche Methode anwenden wie er, sodass er mir nicht ins Wort fallen oder sich aus dem Staub machen konnte. Ich würde ihm einen Brief schreiben.

19

Es war Samstagabend und noch immer stürmte und regnete es draußen ohne Unterlass. Lea und Klara nahmen an einem Spieleabend im Internat teil. Ich hatte mich mit einem Stift und einem Collegeblock an den Schreibtisch in unserem Zimmer gesetzt, um Jannis zu schreiben. Ein kleiner Berg zerknüllter Blätter lag neben mir auf dem Tisch. Ich hatte den Brief an Jannis mehrmals angefangen, dann aber als nicht gut befunden und verworfen. Ich kaute an meinem Stift herum und überlegte, wie ich das, was ich ihm sagen wollte, am besten formulieren konnte. Ich drehte mich dabei im Kreis, kam nicht vorwärts, und als ich es schon fast aufgeben wollte, gab ich mir einen Ruck und schrieb einfach drauflos, ohne mir darüber weitere Gedanken zu machen.

Hi Jannis!

Ich möchte mich noch mal bei dir dafür bedanken, dass du Lea und Klara trotz des Sturms aus dem Baumhaus gerettet hast. Ich weiß, dass die Rettungsaktion für dich sehr gefährlich war. Eigentlich wollte ich dir persönlich dafür danken, doch du warst an dem Abend plötzlich weg.

Auf jeden Fall: Danke! Auch im Namen meiner Schwester und ihrer Freundin. Du hast für immer und ewig was gut bei uns! Bei mir ja sowieso. Ohne dich wäre ich wahrscheinlich als die Leichtsinnige von St. Peter-Ording mit Genickbruch, durch Sturz vom Pfahlbau oder als die Wasserleiche aus Köln in die Dorfgeschichte eingegangen.

Höchste Zeit also, dass ich mich mal bei dir revanchieren darf. Reg dich jetzt bitte nicht auf, sondern lies den Brief bis zum Schluss, okay?! Rike hat mich in die Geschichte mit Filou eingeweiht. Ich weiß darüber Bescheid, warum du bei deinem Onkel im Strandkorbverleih jobbst und warum Jil mit Filou trainiert. Daher weiß ich natürlich auch, wie sehr du auf ein mögliches Preisgeld für Filous Unterbringung angewiesen bist. Und da ja bald das nächste wichtige Turnier ansteht, aber Jil noch nicht wieder fit ist, wollte ich dir einen Deal vorschlagen. Ich habe durch meine Schwester und Klara Rebecca, ein Mädchen vom Reiterhof, kennengelernt. Sie ist eine hervorragende Reiterin und ich könnte sie fragen, ob sie beim nächsten Turnier für dich mit Filou starten würde.

Sag bitte nicht sofort Nein. Denk auch an Filou!

Lass es dir einfach mal in Ruhe durch den Kopf gehen und sag mir dann Bescheid, ob du das Angebot annehmen möchtest, okay?

Emma

Bevor ich es mir noch anders überlegen konnte, tütete ich den Brief so, wie er war, in ein Kuvert ein, das ich mir im Sekretariat besorgt hatte, und schrieb Jannis' Namen drauf. Vermutlich hätte ich sonst wieder Textstellen gefunden, mit denen ich nicht zufrieden gewesen wäre, und Jannis hätte den Brief nie erhalten.

Der Sonntag war ein Tag, der seinem Namen alle Ehre machte. Der Himmel war so blau, als hätte es den Sturm nie gegeben und die Temperaturen waren morgens schon über die 25-°C-Marke geklettert. Das perfekte Wetter, um Jannis den Brief zu übergeben.

Ich radelte mit dem Mountainbike nach Ording. Zwar wusste ich nicht, ob Jannis auch sonntags bei seinem Onkel arbeitete, aber ansonsten würde ich den Brief einfach für ihn dortlassen. Ich hielt vor der Strandkorbvermietung und legte das Rad im Sand ab.

Die Tür stand sperrangelweit auf und unter dem Fliegenvorhang lugte Kapitäns Kopf hervor. Er bellte mich zur Begrüßung an, sprang auf und strich schwanzwedelnd um meine Beine. Lachend streichelte ich ihn, dann ging ich auf das Büdchen zu. »Hallo?«

Ich hörte Schritte von drinnen, dann wurde der bunte Fliegenvorhang zur Seite geschoben und ein hellblonder Mann trat heraus, der mir bekannt vorkam.

»Moin, die Dame! Möchtest du einen Strandkorb mieten oder soll ich dich wieder vor Fast-Unfällen mit Autos retten?«, begrüßte er mich freundlich.

»Hallo! Na, so was. Mit Ihnen hatte ich hier gar nicht gerechnet. Ich wollte was für Jannis abgeben. Sind Sie sein Onkel?«

»Jo, der bin ich wohl und der Besitzer von dem halben Pony da, das sich offensichtlich freut, dich zu sehen.«

»St. Peter-Ording scheint wirklich so klein zu sein, dass man sich irgendwann mal wieder begegnet.« Ich fischte den Umschlag aus meiner Tasche. »Könnten Sie Jannis bitte den Brief von mir geben? Ist wichtig.«

»Das ist kein Problem, junge Dame. Jannis kommt eh nach dem Mittagessen zum Helfen. Vielleicht willst du dir *dann* einen Strandkorb leihen?« Er zwinkerte mir zu und ich spürte, wie mir das Blut in die Wangen stieg. War ich etwa so leicht zu durchschauen?

Ich bedankte mich schnell bei Jannis' Onkel für seine Hilfsbereitschaft und verabschiedete mich von ihm und Kapitän. Dann fuhr ich wieder zurück zum Internat. Jetzt hieß es abwarten und Tee trinken. Ich war gespannt, wann ich was von Jannis hören und vor allem, was er zu meinem Vorschlag sagen würde.

Hoffentlich nahm er meine Hilfe an. Er war die letzte Chance für Jannis und Filou und auch die letzte Möglichkeit für ihn und mich. Morgen brach meine letzte Woche in St. Peter-Ording an. Am nächsten Sonntagnachmittag fuhr ich wieder zurück nach Köln.

»Moin! Na, du machst mir ja vielleicht Sachen«, empfing mich Rike am nächsten Morgen vor dem Unterricht an der Tischtennisplatte.

Stirnrunzelnd sah ich sie an. »Wieso? Was mache ich denn?«

»Das wollte ich eigentlich von dir wissen«, sagte sie und grinste mich vielsagend an. »Jannis hat mich gestern angerufen und mir von deinem Brief erzählt.«

»Und? Was hat er dazu gesagt?«, fragte ich mit großen Augen.

»Das soll er dir am besten selbst sagen.« Rike machte eine kleine Kopfbewegung nach rechts.

Ich blickte in die Richtung und entdeckte Jannis weit ab von den anderen an einem Baum. »Dann werde ich mal mit ihm reden«, sagte ich zu Rike.

Mein Herz klopfte wie verrückt, als ich zu ihm ging. Als ich auf ihn zulief, senkte er den Blick und wirkte irgendwie verlegen.

»Morgen«, begrüßte ich ihn und blieb mit etwas Sicherheitsabstand vor ihm stehen, gespannt darauf, was nun passieren würde.

»Hi, Emma.« Jannis versenkte seine Hände in die Hosentaschen. »Also, ich wollte mich bei dir für den Brief und vor allem für dein Angebot bedanken«, sagte er und druckste einen Moment herum. »Echt nett von dir, dass du mir helfen willst.«

»Ist doch selbstverständlich.« Ich vergrub meine Hände nun ebenfalls in den Vordertaschen meiner Jeans.

Er schwieg einen Moment. »Ja, und ich wollte dir sagen, dass ich gerne deine Hilfe annehmen möchte.«

»Echt?«, fragte ich überrascht. Insgeheim hatte ich befürchtet, dass er den Brief lesen und dann in den Mülleimer werfen würde.

»Echt«, bestätigte er. »Ich nehme nicht oft Hilfe von anderen an, aber du hast mich überzeugt, dass ich es in dem Fall tun sollte.«

»Cool! Finde ich wirklich total gut«, sagte ich begeistert. »Du wirst es auch bestimmt nicht bereuen.«

Er machte einen Schritt auf mich zu. »Ich möchte dich allerdings darum bitten, den Ort, an dem ich Filou untergebracht habe, absolut geheim zu halten. Sag das bitte auch unbedingt Rebecca, deiner Schwester und Klara. Ich traue meinem Vater nämlich zu, dass er das Pferd verschwinden lässt, wenn er rausbekommt, wo es ist.«

Ich nickte. »Kein Problem.« Das konnte ich mir auch gut vorstellen. Jannis' Vater hatte durch seinen Wutausbruch im Stall auf mich einen unberechenbaren und skrupellosen Eindruck gemacht. »Von uns wird keiner ein Sterbenswörtchen zu niemandem sagen.«

»Das ist gut. Also, Filou ist auf dem Hof von Boltenhagen untergestellt. Gleich hinter dem Deich in Böhl«, weihte er mich ein. »Ich habe mit Boltenhagens abgesprochen, dass Rebecca dort ab morgen trainieren kann. Am besten ist es immer nachmittags ab 15 Uhr.« Er gab mir einen Zettel mit der Adresse des Pferdehofs.

»Gut, dann sind wir morgen um 15 Uhr dort«, versprach ich ihm.

»Super! Und noch mal danke dafür!«

Ich lächelte ihn an. »Mache ich wirklich gerne.«

Er lächelte zurück. »Ich glaube, wir müssen langsam mal zum Unterricht gehen.«

Ich blickte mich um und stellte fest, dass wir die Einzigen waren, die noch nicht ins Sonnenhaus gegangen waren. »Dann mal los.«

Dass Jannis meine Hilfe angenommen hatte, ließ mich wie auf einer Wolke schweben. Gleich nach dem Unterricht redete ich mit Rebecca, die sofort einwilligte, mit

Filou zu trainieren. Sie hatte kein eigenes Pferd und freute sich darüber, Filou auf einem Turnier reiten zu dürfen.

»Der einzige Wermutstropfen ist allerdings die fehlende Zeit. Das Turnier findet ja bereits am kommenden Samstag statt und da ist es für ein intensives Training natürlich äußerst knapp«, gab Rebecca zu bedenken. »Aber ich will es trotzdem probieren. Vielleicht passt es ja zwischen mir und Filou auf Anhieb.«

Rebecca und ich trafen uns am nächsten Tag zum verabredeten Zeitpunkt auf dem Hof der Boltenhagens, der im Süden von St. Peter-Ording lag. Jannis war nicht dabei, weil er seinem Onkel beim Strandkorbverleih helfen musste. Dafür hatte er Jil als Vertretung geschickt, was durchaus Sinn machte. Schließlich hatte sie Filou bereits auf etlichen Turnieren geritten und konnte dadurch Rebecca hilfreiche Tipps geben.

Doch würde das ausreichen, damit Rebecca und Filou das Turnier erfolgreich bestreiten konnten? Zwischen Pferd und Reiter war noch etwas anderes vonnöten außer Reitkenntnissen: eine besondere Chemie und vor allem gegenseitiges Vertrauen. Die Sorge, dass ich Jannis vielleicht doch nicht helfen könnte, lag wie ein Stein in meinem Magen.

Dann kam der spannende Moment, Rebecca stieg auf und drehte die ersten Runden auf Filou. Sie galoppierte an und Filou setzte butterweich über das Hindernis. Jil klappte die Kinnlade herunter.

»Wow. Die beiden gehen über den Parcours wie ein eingespieltes Team«, sagte sie anerkennend.

»Ein echtes Traumpaar!«, sagte ich und atmete erleichtert aus.

Jil schaute mich nachdenklich an. »Vielleicht war ich beim Reittraining etwas zu motiviert und habe Filou überfordert, weil ich um jeden Preis für Jannis gewinnen wollte.«

»Mach dir darüber keine Gedanken. Das ist Vergangenheit. Wichtig ist doch, dass es mit Rebecca und Filou auch gut funktioniert.«

»Du hast recht.« Jil lächelte mich an. »Vielleicht gibt es doch noch eine Chance auf ein Happy End für Filou?«

20

Die Tage bis zum Freitag waren wie im Galopp dahingeflogen. Bis mittags drückte ich die Schulbank im Englischcamp, die Nachmittage verbrachte ich auf dem Hof der Boltenhagens, um Rebecca und Filou beim Training zuzusehen, und abends lernte ich für den Abschlusstest.

Lea und Klara schauten auch zwischendurch bei Boltenhagens vorbei und fanden, dass Rebecca und Filou eine gute Einheit bildeten.

Am Freitag stand der Abschlusstest bei John the Ripper an. Unser Englischlehrer verteilte die zusammengetackerten Zettel und legte sie mit der bedruckten Seite nach unten auf die Tischplatten.

»Ihr habt zwei Stunden Zeit. Wer von euch eher fertig ist, kann wie beim Einstufungstest gehen. Die Ergebnisse hänge ich heute um 17 Uhr vor der Mensa aus«, sagte er ausnahmsweise auf Deutsch. »I expect all of you will give your very best. Good luck and turn the pages.«

Jannis drehte sich aus der ersten Reihe zu uns um und zeigte uns einen erhobenen Daumen, der uns Glück wünschen sollte. Wir erwiderten seine Geste.

»Viel Glück«, flüsterte ich Rike zu.

»Dir auch.«

Der Abschlusstest hatte es richtig in sich. Er war noch schwieriger als der Einstufungstest. Ich kam beim Lösen der Aufgaben mächtig ins Schwitzen, hatte am Ende der Zeit jedoch in jede Lücke etwas geschrieben und konnte auch alle Fragen zum Text beantworten. Immerhin. Das war ein deutlicher Fortschritt im Vergleich zum Einstufungstest. Ich war ziemlich stolz auf mich. Bei Rike hatte es ähnlich gut geklappt und auch Jannis war vorsichtig optimistisch, sodass wir dem Abend und den ausgehängten Ergebnissen entgegenfieberten.

Bis dahin hatte ich noch eine Menge zu tun. Lea und Klara begleiteten mich zum letzten Springtraining von Rebecca und Filou. Nach der Trainingseinheit stand alles im Zeichen der direkten Turniervorbereitung. Ich kümmerte mich um die Säuberung von Trense und Sattel, wie mir es zuvor von Lea gezeigt wurde, und Rebecca, Lea und Klara widmeten sich der Pferdepflege. Filou wurde auf Hochglanz geputzt, bis das schwarze Fell glänzte wie ein Paar Lackschuhe, seine Mähne eingeflochten, der Schweif per Hand verlesen, die Hufe eingefettet und zum Schluss wurde er eingedeckt, damit Fell und Mähne nicht neu beschmutzt wurden.

Danach war es auch schon halb fünf. Höchste Zeit für mich, ins Internat zurückzukehren und mich vor der Mensa einzufinden. Die Ergebnisse hingen bereits am Schwarzen Brett vor dem Speisesaal aus, als ich eintraf.

»Eine Drei plus.« Rike fiel mir freudestrahlend um den Hals. »Mit der Note schaffe ich die Nachprüfung locker.«

»Hey, das ist ja super. Und was hast du, Jannis?« Er hatte sich zu uns gesellt und wirkte zufrieden.

»Glatte Drei. So gut war ich schon seit Jahren nicht mehr«, erklärte er und grinste verschmitzt.

»Was habe ich denn?«, wollte ich wissen.

»Sagen wir dir nicht. Musst du schon selbst gucken gehen«, meinte Jannis.

»Genau«, pflichtete Rike ihm bei.

Ich streckte ihnen die Zunge raus. »Ihr seid echt fies.«

»Das wissen wir.«

Die Prüfungsergebnisse waren untereinander und alphabetisch nach den Nachnamen aufgelistet. Ich musste zwei Mal überprüfen, ob ich bei meinem Ergebnis nicht verrutscht war. Doch Irrtum ausgeschlossen.

»Cool!«, rief ich vor Freude laut aus und drehte mich zu den beiden um. Ich hatte im Abschlusstest eine glatte Zwei geschrieben. »Das ist einfach nur großartig! Ich hätte am Anfang vom Englischcamp nie gedacht, dass ich in so kurzer Zeit so große Fortschritte machen könnte! Jetzt muss ich das nur noch so in der Nachprüfung hinkriegen.«

»Nach dem Drill von Jack the Ripper machst du das mit links«, sagte Jannis und hielt mir seine Handfläche entgegen.

Ich schlug ein. »That's right.«

In der Nacht von Freitag auf Samstag lag ich schlaflos in meinem Bett. Ich war viel zu nervös, um auch nur an Schlaf zu denken. Hoffentlich ging beim Turnier alles glatt und Rebecca schaffte eine vordere Platzierung.

Das Turnier fand in Tating statt, einem Nachbarort von St. Peter-Ording. Rebecca und ihre Eltern holten uns mit zwei Autos ab. Rebeccas Vater fuhr den SUV, der den Pferdehänger mit Filou zog, und ihre Mutter lud uns in ihren Kleinwagen. Der Reiterverein, der das Turnier ausrichtete, war nicht viel größer als der in St. Peter-Ording. Rebecca erhielt die Startnummer neun. Als sie sich mit Filou auf einem Platz einritt, entdeckte ich Jannis, Rike und Jil auf der gegenüberliegenden Seite, die mit dem Bus zum Turnier gefahren waren. Ich ging zu ihnen rüber. Lea und Klara wollten Rebecca lieber beim Warmreiten zusehen.

»Moin! Na, was ist dein Tipp für heute?«, fragte Rike.

»Ich wünsche ihnen natürlich den Sieg!«

»Ich denke, dass Rebecca und Filou das packen werden. Im Training waren sie ein ziemlich gutes Team«, meldete sich Jil zu Wort, die mir gar nicht mehr so unsympathisch war wie am Anfang.

Jannis winkte mir kurz zu. Er kaute nervös auf einem Kaugummi herum. Ihm war die Anspannung deutlich anzusehen. Was ich gut verstehen konnte: Von diesem Sieg hing ziemlich viel ab. Außerdem saßen irgendwo auf der Tribüne seine Eltern, wie ich von Rike wusste. Er hatte ihnen von Rebeccas Turnierteilnahme erzählt. Das war hier die letzte Chance, sie davon zu überzeugen, Filou nicht zu verkaufen.

Als Rebecca aufgerufen wurde, stellten wir uns an die Absperrung vom Reitplatz. Von hier aus hatten wir eine gute Sicht auf den Parcours. Bisher hatte es bloß einen fehlerfreien Ritt gegeben. Rebecca ritt zum Richterpult und grüßte vorschriftsmäßig. Sie wirkte ganz ruhig und ein leichtes Lächeln umspielte ihren Mund. Filous Ohren waren gespitzt und seine Augen machten einen wachen Eindruck, als könnte er es gar nicht mehr erwarten, dass es endlich losging.

Rebecca ritt im Schritt zum Start, danach galoppierte sie einige Runden auf dem Zirkel, bis das Startsignal erklang. Ich hielt vor Anspannung meine Hände auf den Magen gedrückt, der sich zusammengezogen hatte. Filous Bewegungen waren weich und flüssig. Er nahm die Hindernisse, als wäre es ein Spiel für ihn, und als er das letzte übersprungen hatte, brandete Applaus von den Zuschauerrängen auf.

»Jaaaa!« Jannis reckte die Faust in die Luft.

»Wie toll!« Jil warf sich freudig in seine Arme.

»Null Fehler«, jubelten Lea und Klara. »Null Fehler!«

Ich freute mich und konnte es nicht fassen, dass es so gut für Rebecca und Filou gelaufen war. Was für ein Glück!

Wir jubelten immer noch alle, als auf einmal Jannis' Vater mit einer Frau, die vermutlich Jannis' Mutter war, auf uns zukam. Sie blieben vor Jannis stehen. Seine Eltern und er schauten sich einen Moment wortlos an.

»Das Pferd wird nicht verkauft. Du hast recht, er ist nicht gefährlich. Filou gehört zur Familie«, brach Jannis' Vater das Schweigen.

»Echt jetzt?«

»Echt jetzt!«, bestätigte sein Vater. »Ich muss mich bei dir entschuldigen, mein Junge. Aber das Pferd hat mich einfach die letzten Jahre nicht zur Ruhe kommen lassen. Immer wenn ich es gesehen habe, habe ich auch deine

Schwester vor mir gesehen. Die schmerzhaften Erinnerungen an sie wurden so in mir wachgehalten und das konnte ich einfach nicht ertragen. Aber mir ist nun klar geworden, dass es durch einen Verkauf wahrscheinlich nicht besser geworden wäre, sondern ich damit nicht in Annas Willen gehandelt hätte.«

»Ich weiß gar nicht, was ich sagen soll.« Jannis' Augen schimmerten verdächtig.

»Du brauchst nichts zu sagen und ihn auch nicht mehr zu verstecken. Er kann nach dem Turnier wieder auf Hansens Pferdehof zurückkehren.« Seine Mutter umarmte ihn. »So hätte Anna es gewollt.«

Am Ende des Turniers belegte Rebecca mit Filou den zweiten Platz beim Springen nach Zeit und gewann das Preisgeld, was nach der Versöhnung von Jannis und seinen Eltern allerdings keine so große Rolle mehr spielte.

Am Abend duschte ich das letzte Mal in dem Gemeinschaftsbad, das gegenüber unseres Zimmers lag. Ich musste noch packen, damit ich morgen startklar war, wenn meine Eltern kamen, um uns abzuholen. Mir war etwas wehmütig zumute, wenn ich an unsere Rückreise dachte. Gerade jetzt, wo alles gut geworden war, musste ich St. Peter-Ording wieder verlassen. Jannis und mir war einfach keine Chance gegeben worden.

Als ich mit nassen Haaren vom Duschen zurück ins Zimmer kam, blinkte mein Handy mit einer Nachricht von einer unbekannten Nummer. Ich setzte mich mit dem Handy in der Hand auf mein Bett und begann zu lesen und mit jedem Wort schlug mein Herz schneller.

Hi, Emma!

Hier ist Jannis. Rike hat mir deine Handynummer gegeben. Ich danke dir dafür, was du für mich, für Filou und auch für meine Schwester Anna getan hast. Nur dir ist es zu verdanken, dass das Pferd meiner Schwester heute wieder auf den Hansen-Hof zurückkehren konnte.

Ich weiß, dass ich deine Hilfe eigentlich gar nicht verdient habe, weil ich mich dir gegenüber wie der letzte Vollidiot verhalten habe. Ich möchte dir gerne erklären, warum ich mich so benommen habe. Dazu muss ich dir zunächst ein Geheimnis anvertrauen.

Durch den Unfalltod meiner Schwester Anna habe ich ein Trauma erlitten und seitdem stottere ich. Ich habe deswegen etliche Therapien gemacht und das Problem so weit in den Griff bekommen, dass ich beim Singen stotterfrei bin. Das Stottern tritt allerdings nach wie vor in Situationen auf, in denen ich unter emotionalem Stress stehe oder mich unsicher fühle. Davon ahnen natürlich die meisten Leute nichts, weil ich es so gut wie niemandem erzähle. Ich bin für alle der obercoole Typ, der scheinbar alles im Griff hat.

Dabei habe ich ziemlich wenig im Griff und das ist mir klar geworden, als du mir begegnet bist. Da war es nämlich sofort um mich geschehen. Ich dachte, ich wäre so weit und könnte es schaffen. Aber nach dem Kuss auf dem Leuchtturm bekam ich vor Aufregung gar kein Wort mehr vor dir raus. Und ich wollte auf keinen Fall, dass du etwas von meiner Sprachstörung erfährst. Es wäre mir total peinlich gewesen, wenn ich vor dir angefangen hätte zu stottern. Deswegen habe ich dich lieber auf Abstand gehalten und weniger mit dir geredet. Aber mir war klar, solange meine Gefühle Achterbahn fahren, kann ich keinen geraden Satz dir gegenüber hervorbringen. Daher habe ich den obercoolen Typen raushängen lassen, um so von meiner Unsicherheit abzulenken, bin dir lieber aus dem Weg gegangen, als das Risiko einzugehen, dass du von meinem Problem erfahren und mich dann vielleicht doof finden könntest.

Mittlerweile ist mir klar, dass du es nicht getan hättest. Jedenfalls glaube ich das. Ich habe begriffen, dass meine Angst ein schlechter Ratgeber ist und schon vorher alles kaputt gemacht hat.

Ich kann mich nur für mein Verhalten bei dir entschuldigen und hoffen, dass du mir verzeihst. Als Zeichen dafür, dass ich es wirklich ehrlich meine, möchte ich dich als Wiedergutmachung zu einer persönlichen Strandsegelstunde am Ordinger Strand einladen. Wie sieht es aus? Kannst du morgen um 11 Uhr zur Strandsegelschule nach Ording kommen? Ich würde mich wirklich sehr freuen und werde auf dich warten.

Jannis

Die letzten Worte verschwammen vor meinen Augen. Tränen liefen mir über die Wangen. Tränen der Erleichterung. Tränen des Glücks. Tränen der Dankbarkeit, weil ich nun die Wahrheit kannte. Jannis war von Anfang an in mich verliebt gewesen, so wie ich es in ihn war. Endlich war das Rätsel um ihn gelöst und ich hatte die Gewissheit, dass ich mit meinem Gefühl richtiggelegen hatte.

Es wehte ein böiger Wind vom Meer aufs Land, als ich zu der verabredeten Zeit an der Strandsegelschule eintraf. Die Möwen flogen laut kreischend um die Wette über den Strand, zwischen ihnen tanzten bunte Winddrachen durch die Lüfte. Ich entdeckte Jannis hinter dem blauweißen Zaun, wo er zwei Wagen für uns vorbereitete. Er war so darin vertieft, dass er mich nicht gleich bemerkte.

»Moin!«, machte ich mit klopfendem Herzen auf mich aufmerksam.

Er hob seinen Kopf, und als er mich sah, breitete sich ein Strahlen auf seinem Gesicht aus. »Moin! Du bist gekommen.«

Ich ging um den Zaun herum. »Sieht ganz so aus.«

Strahlend lächelte er mich an. Die Schwere war aus seinen Augen gewichen. Er wirkte fast unbekümmert und sorgenfrei. Am liebsten hätte ich ihn geküsst, doch ich wollte ihn nicht überrumpeln, nach dem, was er mir gestanden hatte.

Wir zogen die Segelwagen zum Strand und Jannis sah mich so eindringlich an, dass mir das Herz bis zum Hals schlug. »Bist du bereit für den ultimativen Adrenalinkick?«

»Bereit, wie ich es nur sein kann.« Ich wollte den Helm und eine Schutzbrille aufsetzen, doch er hielt mich zurück.

»Einen Moment noch.« Er kramte in seiner Hosentasche herum. »Dreh dich bitte kurz um.«

»Okay.« Ich tat, wie mir geheißen.

Er griff mit seinen Händen um mich herum und legte mir eine Kette um den Hals. Ich griff nach dem silbernen Anhänger, der in der Sonne schimmerte. »Wie schön! Eine Meerjungfrau.«

»Die habe ich in einem Laden entdeckt und mir gedacht,

dass sie dir gefallen könnte. Sie soll dir Glück bei der Nachprüfung bringen.«

»Ich weiß gar nicht, wie ich dir dafür danken kann. Sie ist wirklich wunderschön.« Ich strahlte ihn an und konnte mein Glück kaum fassen. Gestern noch hatte er kaum mit mir geredet und heute hatte er mir ein so schönes Geschenk gemacht. Wenn er mich nur endlich in den Arm nehmen und küssen würde, dachte ich sehnsüchtig.

»Das mit dem Danken kannst du dir ja noch überlegen«, scherzte er. »Aber jetzt kann es ja dann losgehen.«

»Eine Frage hätte ich da allerdings noch, bevor ich mich in den Strandsegler setze«, sagte ich und sah Jannis gespielt skeptisch an. »Seit wann ist Strandsegeln was für Mädchen aus der Großstadt?«

Jannis legte den Kopf schief und konnte sich ein Grinsen nicht verkneifen. Er trat zu mir und zog mich dicht an sich heran. »Seit dir.« Er umfasste mein Gesicht und verschloss meine Lippen mit seinen.

Epilog

Zwei Wochen später

»Schriftlich lief es eigentlich ganz gut, nur im Mündlichen habe ich mich vorhin total oft verhaspelt«, berichtete ich und schüttelte den Kopf.

Pia und ich hockten auf den Heizungskörpern vor dem Lehrerzimmer. Die schriftliche Nachprüfung hatte ich bereits gestern, am letzten Ferientag, geschrieben. Den Termin für die mündliche Prüfung hatte ich an diesem Morgen gehabt. Nun wartete ich darauf, von meiner Englischlehrerin ins Beratungszimmer gerufen zu werden, um mein Prüfungsergebnis zu erfahren.

»Mündlich und schriftlich zählt doch beides zu 50 Prozent, oder? Eine Fünf kannst du doch auch hier mit einer Drei ausgleichen«, meinte Pia.

Ich verzog den Mund. »Hör mir bloß mit dieser Taktik auf. Wohin die mich gebracht hat, wissen wir beide ja.«

Pia lachte leise. »Meinst du, auf die Heizung vor dem Lehrerzimmer oder nach St. Peter-Ording?«

»Jetzt sei doch einmal ernst«, sagte ich gespielt empört

und knuffte Pia in die Seite. »Ich weiß wirklich nicht, ob es für eine Vier gereicht hat. Ich glaube, ich habe ziemlich viel Müll bei der mündlichen Prüfung erzählt. Jack the Ripper hat das zwar oft mit uns geübt, aber es ist eben nach wie vor nicht meine Stärke, auf Englisch irgendwelche Vorträge zu halten.« Ich spielte gedankenverloren mit dem Anhänger an meiner Kette.

»Hey! Wird schon schiefgegangen sein«, versuchte sie, mich aufzumuntern. »Wann haben Jannis und Rike denn ihre Nachprüfung?«

»Die hatten sie schon. Die Sommerferien waren in Schleswig-Holstein eher vorbei als in Nordrhein-Westfalen.«

»Ach, davon hast du gar nichts erzählt. Haben sie bestanden?«

»Sorry, ich habe so viel gelernt, dass mir das durchgegangen ist. Ja, beide haben bestanden. Jannis im Dreier-Bereich und Rike ist sogar auf eine Zwei minus gekommen.«

»Weißt du denn schon, wann du ihn wiedersiehst?«

»Wenn alles gut geht, in den Herbstferien. Sonst spätestens zu Weihnachten. Ich weiß gar nicht, wie ich das bis dahin aushalten soll.«

In dem Moment öffnete sich die Tür vom Lehrerzimmer und meine Englischlehrerin erschien auf dem Flur. In ihrer Hand hielt sie eine Mappe, in der jede Menge Zettel steckten. »Dann komm mal mit, Emma.«

»Toi, toi, toi!« Pia zeigte mir ihre gedrückten Daumen.

Ich folgte meiner Lehrerin den Gang entlang. Dabei hatte ich das Gefühl, als ginge ich zu einer Gerichtsverhandlung, bei der über mein Schicksal entschieden wurde.

Frau Möller blieb vor einer Tür stehen und schloss sie auf. »Komm rein.«

In dem Raum roch es nach abgestandener Luft, als wäre hier die ganzen Ferien über nicht mehr gelüftet worden. Wir setzten uns an einen Tisch.

»Dann wollen wir mal.« Frau Möller hatte wie immer die Ruhe weg. Sie ordnete zuerst ihre Unterlagen und las sich dann ihre handschriftlichen Notizen durch.

Ich knetete nervös meine Hände und hatte das Gefühl, gleich vor Aufregung zu platzen.

»Wie schätzt du dich denn ein?«, fragte sie schließlich.

»Ich weiß nicht genau«, sagte ich unsicher.

»Dass das Mündliche nicht zu deinen Stärken gehört, müssen wir wahrscheinlich nicht besprechen. Du warst vorhin sehr aufgeregt, hast grammatikalisch ein paar Fehler gemacht, einige Vokabeln falsch angewendet, aber dafür den Text in seiner Kernaussage wiedergegeben. Dafür konnten wir dir eine Drei als Note geben.«

Ich schluckte und spürte, wie sich mein Herzschlag beschleunigte. Jetzt musste es nur noch mit dem Schriftlichen geklappt haben.

»Im Schriftlichen hast du übrigens eine ganz hervorragende Note erzielt. Eine Eins minus. Herzlichen Glückwunsch, Emma! Du hast die Versetzung geschafft! Und zwar besser, als ich es erwartet hatte.«

»Danke«, sagte ich verdattert mit belegter Stimme. Ich konnte es gar nicht glauben und wäre meiner Lehrerin am liebsten vor Freude um den Hals gefallen. In Gedanken schickte ich ein Riesendankeschön an Jack the Ripper. Es hatte geklappt!

Wir standen auf und meine Englischlehrerin reichte mir die Hand. »Dann herzlich willkommen im neuen Schuljahr. Ich hoffe, du beteiligst dich von jetzt an ein bisschen mehr am Unterricht.«

»Das verspreche ich.« Draußen lehnte ich mich gegen die Wand und schloss für einen Moment die Augen. Ich hatte es tatsächlich geschafft!

Lächelnd umschloss ich mit einer Hand den Meerjungfrau-Anhänger an meiner Kette und ließ meine Gedanken nach St. Peter-Ording zu Jannis schweifen. Sein Anhänger hatte mir tatsächlich Glück gebracht.

»Coole Kette hast du da. Was ist denn das?«

Überrascht riss ich die Augen auf.

Vor mir stand Jannis, keine zwei Meter entfernt und grinste mich an.

»Was machst du denn hier?«, fragte ich fassungslos.

»Geschichtsexkursion. Drei Tage in Köln. Da dachte ich, ich frag mal nach, wie deine Prüfung gelaufen ist.«

»Bestanden. Besser sogar als gedacht.« Ich trat auf ihn zu. »Warum hast du mir nicht gesagt, dass du kommst?«

Er verdrehte die Augen und legte die Hände an meine Taille. »Weil es dann keine Überraschung mehr gewesen wäre.«

Ich legte meine Arme um ihn. »Frag mich doch noch mal, was das um meinen Hals ist.«

»Okay ... was ist das um deinen Hals?«

»Das?« Ich lächelte und schaute auf die silberne Meerjungfrau an meinem Hals, dann in seine meerblauen Augen. »Das ist ein Glücksbringer und eine Erinnerung an den schönsten Strand, den ich je gesehen habe und an dem ich mein Herz an den tollsten Jungen der Welt verloren habe.«

Jannis schaute mich glücklich an. Dann zog er mich so nah an sich heran, dass ich seinen Atem an meinem Ohr spüren konnte. »Ich liebe dich.«

Danksagung

Als Erstes möchte ich mich bei meiner wunderbaren Lektorin Laura Oehlke für ihre Begeisterung und die inspirierenden Anmerkungen für das Buch bedanken. Durch deinen Blick auf den Text ist die Geschichte um Emma und Jannis noch viel schöner geworden!

Danke auch an den Arena Verlag, der mich so herzlich bei den Arenas aufgenommen und mir die Möglichkeit gegeben hat, Emmas und Jannis' Geschichte zu erzählen.

Ein großes Dankeschön geht an meine Agentin Kathrin Nehm von der Agentur Schlück, deren großartige Unterstützung bei meinen Büchern ich nicht mehr missen möchte.

Lieben Dank an meine Familie und Freunde, die hinter mir und jedem neuen Buch stehen. Ihr seid mein Fels in der Brandung.

Auch danken möchte ich allen Buchhändlern und Buchbloggern, die meine Bücher weiterempfehlen und denen ich es zu verdanken habe, dass meine Romane von immer mehr Leuten gelesen werden.

Ich danke all meinen Lesern, die mir so nette Nachrichten auf Facebook und Instagram schreiben. Ihr seid wunderbar! Ich bin jedes Mal aufs Neue davon überwältigt, wie sehr ihr jedem neuen Buch von mir entgegenfiebert, und bin gespannt, wie euch Emmas und Jannis' Geschichte gefallen wird.

Last but not least ein Dankeschön an die Menschen, die – genau wie ich – St. Peter-Ording tief in ihren Herzen tragen.

Wir sehen uns. Irgendwo. Aber ganz bestimmt am schönsten Strand der Welt – in St. Peter-Ording.

Tanja Janz im Februar 2018

Der Roman enthält Zitate aus folgenden Quellen:

Kapitel 2

Seite »Sankt Peter-Ording«. In: Wikipedia, Die freie Enzyklopädie. Bearbeitungsstand: 26. Februar 2018, 05:55 UTC. URL: https://de.wikipedia.org/w/index.php?title=Sankt_Peter-Ording&oldid=174402773 (Abgerufen: 3. April 2018).

Seite »Halbinsel«. In: Wikipedia, Die freie Enzyklopädie. Bearbeitungsstand: 16. Februar 2018, 23:28 UTC. URL: https://de.wikipedia.org/w/index.php?title=Halbinsel&oldid=174095317 (Abgerufen: 3. April 2018).

Nora Miedler

Ich wär dann bereit fürs Happy End

Jungsinternat – und das für mehrere Wochen, weil ihr eigenes Internat renoviert werden muss. Es könnte Schlimmeres geben für Sophia, die zudem gerade auf der Suche nach »Mars« ist, den sie nur über das Internet kennt und der auf dieses Internat geht. Beste Voraussetzungen also, wäre da nicht Sophias zickige Stiefschwester Amelie und Sophias Freundinnen, die ihr zwar helfen möchten, doch dabei nicht immer ganz so unauffällig vorgehen, wie Sophia es sich wünschen würde.

280 Seiten • Arena Taschenbuch
ISBN 978-3-401-51194-8
www.arena-verlag.de

Gabriella Engelmann

Sturmgeflüster

Für Tinka sollte es der coolste Sommer ever werden. Doch wenn einen die beste Freundin versetzt, sind Ferien auf Sylt einfach nur noch langweilig. Bis Tinka Kitesurfer Sven kennenlernt, der sie in seine Clique aufnimmt und mit seinem durchdringenden Blick ihr Herz sofort zum Kentern bringt. Bald aber merkt Tinka, dass er und die anderen ihr etwas verschweigen. Es ist fast zu spät, als Tinka begreift, dass sie selbst die dunkle Vergangenheit wieder heraufbeschworen hat …

Arena

200 Seiten • Klappenbroschur
ISBN 978-3-401-51212-9
www.arena-verlag.de

Tanja Janz

Leuchtfeuerherzen

Sommer am Meer, ein Praktikum in einem Naturschutzgebiet und eine WG ohne Eltern: Besser könnte Alicia sich ihre Ferien an der Nordsee in St. Peter-Ording gar nicht vorstellen. Mit den jungen Bewohnern aus der Leuchtturm-WG freundet sich Alicia schnell an. Nur was sie von Surfer Liam halten soll, weiß sie nicht. Er scheint nichts ernst zu nehmen und jagt dauernd der nächsten Welle hinterher. Doch bei gemeinsamen Wattwanderungen überrascht Liam sie mit seiner einfühlsamen Art. Und obwohl Alicia sich geschworen hat, erst einmal die Finger von Jungs zu lassen, klopft ihr Herz mit einem Mal so laut wie die tosende Brandung.

Arena

Auch als E-Book erhältlich

280 Seiten • Klappenbroschur
ISBN 978-3-401-60547-0
www.arena-verlag.de